Sonya
ソーニャ文庫

# 背徳の接吻《くちづけ》

山田椿



イースト・プレス

contents

# 序幕　サーカスの人狼

夜空に分厚い雲がたれこめていた。

赤く不気味《ぶきみ》な満月は、次々と押し寄せる雲の高波に溺《おぼ》れかけ、息継《いきつ》ぎしては浮上《ふじょう》する。

そこへ粗末《そまつ》な辻馬車《つじばしゃ》が駆け込んできた。

少女は支払いが済むのも待てずに馬車を降りる。彼女に許された時間《とき》は少ない。舞踏会《ぶとうかい》のドレスにお忍び用の仮面をつけて、急《せ》く心のままに歩きだす。

今度こそ彼が見つかりますように。

そう願いながら丘を見上げると、移動サーカスのテントが見えた。そこだけが自然の摂《せっ》理《り》に逆らうように、夜の底から白く浮かびあがっている。

母の誘いで、気乗りしないまま出かけた舞踏会。そこで偶然耳にした噂《うわさ》は、少女の心をひどく騒がせた。

早くこの目でたしかめたい。

けれど、半分も登らないうちに歩む速度が落ちてしまう。丘から吹き下ろす風に乗り、獣《けもの》や糞尿《ふんにょう》の臭いが殺到《さっとう》する。

悪路《あくろ》に加えてこの臭気《しゅうき》。足ばかりか気持ちまで挫《くじ》けてしまいそうだ。

「お嬢様」

支払いを終わらせた侍女がようやく追いつく。

「御者《ぎょしゃ》にしばらく待つよう言い含めておきました。ですが、伯爵夫人に気づかれないうちに舞踏会に戻らないと」

「わかっているわ」

急いで坂を上り、入り口でふたり分の料金を支払うと、緋色《ひいろ》の垂《た》れ幕《まく》が左右に分かれた。

「あ……っ」

突如開けた視界に少女は思わず息を呑《の》む。

人で溢《あふ》れる通路には、異様なまでの熱気と興奮が満ちていた。

いましがた最後の曲芸《きょくげい》が終わったらしい。道化《どうけ》の小男が観客の笑いを引き連れて舞台から去ると、それと入れ替わるように黒布で覆われた大箱が運び込まれた。

「お集まりの皆様！　今宵《こよい》お目にかけますのはランサス南部の森、ラ・ヴェールで捕らえし人狼《じんろう》にございます！」

一等席にたどり着く前に、サーカスの団長らしき男が口上を始める。

「ご存知のようにラ・ヴェールの森は呪われし未開の地！」

手にした鞭《むち》を床で打ち鳴らし、団長が胴間声《どうまごえ》をあげた。

少女たちが通路で揉《も》みくちゃにされながら移動していると、団員たちの手によって舞台上の灯りが次々と取り払われ、残された燭台が舞台上の大箱を怪しげに照らした。

「さて、ここにおります人狼は、かつてラ・ヴェールの森を支配した〈蛮族〉の男が雌狼とまぐわいできた禁忌《きんき》の子！」

鞭の柄《え》が黒布を叩くと、下から不快な金属音が響く。

どうやら箱の正体は、鉄製の檻《おり》らしい。

「怖ろしいことに、人狼の住《す》み処《か》には無数の人骨が散らばっておりました。たとえ見かけは人の形《なり》でも、ここにいるのは人を食らい、四つ脚でうろつく卑《いや》しい獣にございます！　今宵はその浅ましい姿を、皆様にとくとご覧いただきましょう！」

どこからともなくドラムロールが流れると、黒布が取り去られ、不気味に光る鉄格子が現れる。

「さあ、人狼！　皆様にご挨拶するんだ！」

鞭の柄で檻の片隅をつつくと、黒い塊《かたまり》が唸り声をあげた。

「……ウー……ッ」

観客から悲鳴が起こり、少女は通路で足を止める。そのまま吸い寄せられるように、サーカスの人狼を見つめた。

少女の碧《あお》い目に映るのは、腰布をまとった裸同然の男だ。

その顔は伸びきった髪のせいで、輪郭《りんかく》すらまともに捉えることができない。

ただ鋭い双眸《そうぼう》だけが、きらきらと瞬いている。

その眼差しは琥珀《こはく》色――別名『狼の瞳』と呼ばれる色だ。

灯りを映して金色に輝く瞳は、人々に対する敵意と警戒に満ちていた。

静けさのなかに激しい感情の迸《ほとばし》りを感じて、少女は思わず魅入《みい》ってしまう。

南部には、この瞳の色を持つ者が多い。濃淡の差こそあれ、少女の父はもちろん、隣接する公爵家も例外ではない。

目を奪われたままようやく一等席にたどり着くと、そこには少女とおなじように仮面をつけた人々がいた。身なりからして、一目で貴族とわかってしまう。

その対極にいるのが檻のなかの人狼だ。どう見ても彼は、貴族の出には見えない。

屈《かが》んでいるから背格好もわからず、腰まで伸びた漆黒の髪がよけいに全体像を曖昧《あいまい》にしている。

あそこにいる人狼は、じぶんが探し求めている青年なのだろうか。

「アランなの？」

思わず呟いたとき、人狼の視線が少女の上で止まった。

「ウー……ッ」

人狼は急に落ち着きを失くすと、小さく唸《うな》って体を揺らし始める。

突然の奇行に、観客たちは恐怖を覚えたようだ。

そんな周囲の喧騒を、少女はどこか遠くに感じていた。

人狼の眼差しに、懐かしさを覚えてしまう。記憶のなかの少年たちも、陽射しの下で太陽の煌めきを放っていた。ここまで混じりけのない『狼の瞳』も珍しい。

そこにサーカスの歌姫が現れた。

「お日さま、おはよう。お月さま、こんばんは～」

歌姫は、なんの前触れもなしに高らかに歌いだす。

「小鳥さん、おはよう。ふくろうさん、こんばんは～」

この歌は南部育ちの人間なら、誰もが一度は耳にする子守唄《こもりうた》だ。

幼い頃は少女も、幼馴染《おさななじ》みたちといっしょによく口ずさんでいたものだ。

「お日さま、おはよう。お月さま、こんばんは〜。小鳥さん、おはよう。ふくろうさん、こんばんは〜」

歌声を追うように、人狼が耳を澄ませた。

「お父さん、おはよう。お母さん、おやすみ〜。そして大好きな……」

この先はランサス国の信仰を集める、愛の聖母の御名《みな》で締めくくられる。

けれど、少女たちが口ずさむときは歌詞が変えられた。

最後のフレーズに差しかかると、幼馴染みたちは笑いながら叫んだものだ。

「グレース……！」

見えない月を仰ぐように人狼が叫ぶ。

幼い頃おなじように、月明かりの下で名前を呼ばれたことがあった気がする。

どうして彼は叫んでいたのか。なぜあんなにも悲しげで、憂いを帯びた眼差しでわたしのことを見ていたのか。

「グレース……」

今度は膝を抱えたまま、唇だけで呟いた。

その声はどこかせつなく、少女の胸の奥深くを貫《つらぬ》いた。

「間違いないわ……彼はアランよ……」

少女は胸もとに光る銀の十字架《クルス》を取り出すと、ふたたび巡り会えた奇跡に感謝の接吻《くちづけ》を送る。

この再会が苦悩の始まりになるとは、いまはまだ知らないままで――。

# 第1幕　囚われの人狼

幼いグレースは昏《くら》い森をさ迷っていた。

息苦しいほどの濃密な闇が、碧い瞳を漆黒《しっこく》に塗り潰《つぶ》す。

なにも見えない。それでも行くべき場所がある。

結末はおなじなのに、グレースはいつも道を見失う。でたらめに歩き続けていると、東の空が白々と夜の気配を薄めていく。

そこに荒い息遣いとなにかを食むような音が響いてきた。

だめよ、あそこに行ってはだめ。

十七歳のじぶんが七歳のじぶんに警告する。

けれど幼いグレースは、忠告を無視して音のするほうへと近づいていく。

次第に咀嚼《そしゃく》音が大きくなり血臭が濃くなる。

視界を取り戻したグレースは、やがて地面に横たわる赤い塊を見つけた。

その塊に十四近い狼が群がっている。

幼いグレースもさすがに足を止めた。

けれど、引き返すには遅すぎる。

闖入《ちんにゅう》者の気配を感じた狼たちはいっせいに振り返ると、新たな獲物に喉を鳴らした。

次はわたしの番だわ。

そう覚悟したとき、地を這うようなか細い声が鼓膜を揺らした。

——グレース……。

その声は郷愁《きょうしゅう》と同時に恐怖を生み出す。幼いグレースが固まっていると、群れのあいだからなにかが立ち上がった。

ゆらり、ずるり。さながらマリオネットのような不安定さで。

ゆらり、ずるり。かろうじて人型を保った少年が幼いグレースに手を伸ばしてくる。

——ねえ、どうしてぼくを迎えにこないの？

「いやぁあああああ…………っ！」

グレースは絶叫した。あらん限りの声で——。

＊＊＊

「お嬢様！」

体を大きく揺さぶられ、グレースははっと目を見開いた。

ベッドで寝ていたはずなのに、気がつけば夜着のまま玄関ホールに立っている。

「大丈夫ですか？」

侍女のテッサが心配そうに聞いてくる。

「わたしは……」

長いこと歩きまわっていたのか、体がすっかり冷え切ってしまっていた。

もう七歳の少女ではない。十七の、世間では大人と見なされる年齢だ。

それなのにグレースは真夜中に部屋を抜け出して彷徨《うろつ》いている。

また夢遊病の発作《ほっさ》が出てしまったのだ。

申し訳なさに俯《うつむ》いていると、テッサが集まっていた使用人たちを遠ざけた。

テッサは大家族の長女のせいか、若いながらもしっかりしている。

「ごめんなさい。また迷惑をかけてしまったわね」

グレースが落胆していると、テッサがやわらかな笑みで応えた。

「仕方ありませんわ。もうじきクリストフ様の……いえ、お嬢様の誕生日ですから」

祝いの日は、ある日を境に忌むべき日に変わった。

毎晩のように発症していた頃に比べると、いまはだいぶ症状も落ち着いているが、生まれ月が近づくとどうしても起こる頻度が増してしまう。

穏やかな日常を取り繕ってみたところで、やはり心は病んだままだと思い知らされる。

「さあ、クリストフ様に会いに行きましょう。きっとお待ちですよ」

寝ずの番を務めていたテッサが冗談を飛ばす。彼女のそうした明るさに、これまで何度救われてきたかわからない。

グレースは微笑みを返すと、差し出された外套《がいとう》を着込みながら、カンテラを持つテッサに続いて外に出た。

夜明け前のノアイユ伯爵城は、侵しがたいような静寂と闇に包まれている。

背後に広がるラ・ヴェールの森は深遠さを増し、重なり合う梢《こずえ》の影がささやかな月の光さえ寄せつけようとしない。

前庭の木々や花も、いまは暗く沈んでいる。

そんな暗闇のなか、グレースたちは敷地の外れにある礼拝堂を訪ねていた。

ひっそりと建つ壮麗な礼拝堂は、城の歴史とおなじくらい古い。この地下は納骨堂にもなっていて、グレースの先祖が永遠《とわ》の眠りについていた。

古くは壁の横穴に骸骨《がいこつ》のまま安置され、新しく加わった死者は石棺の列をなす。納骨堂にはもう空きが無く、グレースの父の代から新しい納骨堂へ移ることになっていた。

ただひとりを除いては——。

「行ってくるわ」

グレースは礼拝堂にテッサを待たせると、ひとりで地下へ下りていく。

この時期は、グレースが通うことを見越して、礼拝堂の灯りが絶やされることはない。小さな靴音が反響するなか、壁に映し出された細長い影が頼りなく揺れていた。

ここは閉ざされた場所だというのに、階下から微風が吹き上げてくる。この先は死者の世界だと、グレースをけん制しているようだ。

地下に着くと、一番手前の小さな石棺に歩み寄った。

「おはよう、クリス」

大理石の上げ蓋には、在りし日の弟の姿がかたどられている。

緻密で微細な彫刻は、目蓋《まぶた》の震えを感じるほど生々しい。

淡く微笑む少年は、胸の前で手を組んで静かに横たわっていた。

その天使のような愛らしい頬に、グレースはそっと指で触れる。

こうしていれば、いつか弟が目覚めるかもしれない。

そんな馬鹿げた期待を、一瞬だけ寄せてしまう。けれど、どんなにじぶんの熱を伝えても、彫刻の彼から温もりが返ることはない。

指先に感じるのは、冷たい石の感触だけ。

「――享年《きょうねん》七歳。愛すべき想い出は永遠に」

グレースは覇気《はき》のない声で石棺の銘《めい》をそらんじる。

わかっている。弟はもうこの世にはいない。

頭ではちゃんと理解しているつもりだが、気持ちのほうが追いついていなかった。

弟の死をまだどこか認めきれないのは、きっと双子として生まれ落ちたせいだ。そのうえグレースは、彼の最期にも立ち会えていない。

弟のクリストフが死んで十年近く経つというのに、まだどこか現実味が持てないでいる。

そのことが原因で夢遊病が起きるのだと、三年前にグレースは元軍医に指摘された。

そんな娘を気遣って、両親は死んだ息子のことを話さなくなった。だからグレースも自然と弟の話題は避けるようになっていた。

互いに気遣っていただけなのに、そのことがかえって徒《あだ》となる。

人は抱えきれない現実や認めたくない事実に直面すると、無意識にそれを否定したり、都合よく歪《ゆが》めたりしてしまうらしい。

無自覚を自覚する。それが一番難しいことなのかもしれない。

幼いグレースも弟の死を受け止めきれず、夜中にクリストフの姿を探して歩きまわるようになってしまった。

以来、伯爵家では誰かが交替で寝ずの番を務め、グレースのことを見守ってきた。

その症状に改善が見られたのは、元軍医から荒療治ともいえる治療法を勧められてからだ。

グレースは夢遊病を発症するたび、弟の墓を訪ねるようになった。いくら否定したくても、弟の棺《ひつぎ》が目の前にある。グレースは次第に、弟の死を受け入れられるようになっていった。

いまでは症状が劇的に改善されて、月に一度、起こすか起こさないかになっていた。

それでもふたりの誕生日が近づくこの時期だけは、どうしても感傷的になってしまう。

「来月、わたしは十八になるのよ」

グレースは大理石の頬を撫でながら、棺にそっと話しかける。

「この前は、お母様に誘われて舞踏会に出かけたの。本当は出たくなかったけれど、おかげでアランを見つけたわ。テッサは半信半疑だけれど、いまピエール神父にお願いしてサーカスに引き取りに行ってもらっているの。アランが戻ったら、今度はふたりで会いにくるわね」

大理石の唇に思わずキスしかけて、思いとどまる。

どうしてあのとき馬鹿なことをしてしまったのだろう。

たとえせがまれて泣きつかれても。ときに拗《す》ねたり怒ったりしても。時間をかけて説得すれば、弟も聞き分けてくれたかもしれない。

だけどあのときは、早くどうにかしなければと焦っていた。聞きわけのない弟に少しだけ苛立っていたのも事実だ。

守りたいと思っていたはずが、ただの厄介払いになっていたのかもしれない。

じぶんのとった行動を考えれば考えるほど、そのときの想いから遠くなっていく。真実が見えなくなってしまう。

グレースは礼拝堂に戻ると、しばらくひとりで祈りたいとテッサを先に帰らせた。

いつしか陽が昇り、白壁にステンドグラスの色が映り込んでいる。

グレースは燭台に照らされた聖母像の前に跪《ひざまず》くと、胸もとから銀の十字架を取り出した。表には聖母像の姿が、裏面にはグレースの名が刻まれている。このネックレスは幼い頃に両親から贈られたものだ。

弟のクリストフも、これとおなじ金の十字架を身につけていた。けれど、地下の石棺には十字架どころか在るべきはずの遺体がない。弟に代わって納められているのは、泥にまみれ血に染まったテディベアだけだ。

十年前に起きた悲劇は、死者を安らかに葬《ほうむ》ることさえ許してくれなかった。

「どうしてあんなことに……」

癒《い》えない傷に耐えるように、グレースはぎゅっと目を閉じる。

事の発端は、ラ・ヴェールの森で起きた反乱だった。

ラ・ヴェールの森は他国との境界線上に広がっているため、ランサス国の有史以来、つねに領土争いの戦場となった血なまぐさい土地だ。

そこにはいにしえから〈森の民〉と呼ばれる少数民族が住んでいた。

彼らは他国が侵攻すると、国王軍と共闘して敵を退けてきた盟友だ。その反面、平時においては国からの独立を求め、国と対立する関係でもあった。

そのためラ・ヴェールの森は国王領でありながら国王の不可侵という、なんとも複雑な事情を抱えることになる。

いくら武功があるとはいえ、国からの独立となると話は別だ。

即位したばかりの新国王は以前からの対立に業を煮やし、彼らをラ・ヴェールの森から追放することにした。

こうして〈森の民〉と讃《たた》えられた少数民族は、反乱を機に〈蛮族〉へと貶《おとし》められる。

やがてグレースの父・ノアイユ伯爵とアランの父・ラトゥール公爵に、国王から反乱鎮圧の命が下った。

それでなくてもふたつの領地は、T字型に広がるラ・ヴェールの森を挟むように隣接していて、いつ反乱に巻き込まれてもおかしくない状況だった。

才気に溢れたラトゥール公爵が国王軍の先頭に立ち、後方ではノアイユ伯爵が戦略で支えると、双方に死者を出すことなく蛮族追放に成功する。

そんな混乱のさなか両家に誕生したのが、グレースたち双子とアランだった。

当時、公爵城が国王軍の拠点となっていたため、身重の公爵夫人は伯爵城へと移り住み、もとから親友だった伯爵夫人とともに初産を迎える。

おなじ日に生まれたということもあって、三人の子供たちは互いの城を往き来しながらすくすくと成長していった。

両家も子供たちを中心に親交が深まっていく。

だがそうした関係は、十年前の惨劇《さんげき》によって一変してしまう。

「もう一度、あの日に戻れたら……」

叶わないとわかっていても、願わずにはいられない。

胸に戻した銀の十字架。布越しからでもその在り処がはっきりわかる。

これは重く冷たい罪の刻印。十年前に起きた悲劇の責任は、すべてじぶんにある。

グレースは七歳の誕生日を迎える前に、致死率の高い流感に罹《かか》ってしまった。

誕生日を祝うため伯爵の城に滞在していた公爵夫人とアランは、急きょクリストフを連れて公爵の城へ戻ることになる。

いまにして思えば、クリストフはそのときからなにかを感じとっていたのだろう。

頑《かたく》なにグレースのそばを離れようとせず、大人たちを心配させた。グレースにしても弟に流感を移すわけにもいかない。

だから乳母に禁じられていたことまでして、弟にアランたちと行くことを承諾させた。

「早く治して迎えにきてね。きっとだよ」

見送る者と、旅立つ者――それが命運を分かつことになる。

公爵城へ向かう途中、彼らを乗せた馬車が蛮族に襲撃されてしまったのだ。

ラ・ヴェールの森を追われた過激な一派は、じぶんたちの名誉の回復と森への帰還を求め、ラトゥール公爵の妻子を誘拐しようと企《くわだ》てた。

予期せぬ襲撃にラ・ヴェールの森は騒然となる。

そこへさらなる不幸が重なった。

人間たちが起こす騒乱と血の臭いに誘われて、飢えた狼の群れが敵味方関係なく襲いかかったのだ。

かろうじて逃げのびた者の証言によれば、襲撃の際、アランたちは公爵夫人の指示で森に逃げ込んだらしい。

証言をもとに大がかりな捜索隊が出されたが、彼らが発見したのはクリストフがプチグレースと名付け、片時も離すことのなかったテディベアだけだった。

やがて、狼に襲われ瀕死だった公爵夫人が息を引き取ると、公爵の怒りはそのまま蛮族に向けられる。

もはや追放ではなく殲滅《せんめつ》のために山狩りが行われ、降伏する者も容赦なく処刑された。

彼らの亡骸は野ざらしのまま放置され、獣の餌にされた。

以来、ラトゥール公爵は〈狼公爵〉と揶揄《やゆ》されるようになり、国内外から畏怖と尊敬を集めることになる。

一方、ノアイユ伯爵は数か月に及ぶ捜索の末、息子クリストフの死を苦悩のうちに受け入れていった。

前年から体調を崩しがちだった息子は、たとえ逃げのびたとしても長くは生きられない。なにより事件を知った娘が毎晩のように弟を探して歩きまわっている。

ノアイユ伯爵はそんな状況に終止符を打つため、息子の葬儀を遂行《すいこう》した。

希望を持ち続けることと、血塗れの現実を受け入れること。

どちらがより正しいことなのか、誰もはっきりとした答えは出せなかった。

ただひとつ言えるのは、たとえ復讐を果たし、弔《とむら》いを済ませても、愛する者を失った悲しみは消えないということだ。

悲劇による突然の喪失は、いまも両家に暗い影を落としている。

だからじぶんだけが悲しいとは言えない。いまも弟やアランが恋しいなどと、口に出せるはずがない。

三人で過ごした幸せな子供時代は過去のものとなり、二度と戻れない。

グレースにできることは、なるべく夢遊病を起こさないよう過去の記憶を封印し、日常を心穏やかに送ることだった。

それがいまの無気力に繋がり、覇気のない印象を強くしている。

グレースがどんなに愛らしい容貌をしていても、その表情に感情の起伏や明るさがなければ魅力に欠けてしまう。

「悪いのはわたしなのに……罰を受けるべきはわたしなのに……」

どうして彼らにだけ災難が降りかかったのだろう。

いくら考えてもわからない。あのとき送り出した後悔ばかりが募っていく。

グレースが深いため息を吐いたとき、背後でかすかな物音がした。

「誰？」

弾かれたように振り向くと、神父のピエールが気まずげに近づいてくる。

厳めしい顔つきと頑強《がんきょう》な体軀《たいく》は、とても聖職者のものとは思えない。

祭服から覗《のぞ》く白のローマンカラーが見るからに窮屈そうだ。

「驚かせてすみません」

見た目と裏腹に、神父の物腰はひどく穏やかだ。それでも初対面の相手は、彼に威圧感を覚えてしまうだろう。

「熱心に祈られていたので、お邪魔したくはなかったのですが……」

けれどよく見れば、神父の灰青色の瞳に透徹《とうてつ》した知性と深い慈愛が宿っていることに気づくはずだ。

彼はいまでこそ神に仕える身だが、もとは国王軍の軍医をしていて、蛮族反乱の際にはラトゥール公爵の指揮下にいた。

混乱のさなか夫人たちのお産に立ち合い、グレースたちを取りあげてくれたのは彼だ。

後年軍医を辞めたピエールは、神父として南部に戻り、伯爵家の医師がお手上げだったグレースの夢遊病に改善策を与えてくれた。

それ以来、神父はグレースの主治医であり、良き相談相手でもある。

こんな時間からグレースが礼拝堂にいると把握しているのも、神父だからこそだ。彼はこれまで何度もグレースの様子をたしかめにきてくれた。

けれど、今朝に限っては訪れるはずがない。

なぜなら神父はグレースの依頼で、サーカス団へ交渉に出向いているからだ。

伯爵家の領地から王都ヴェルリムまで半日。そこからサーカス団のいる港まで数時間。そこに交渉が加わるとなると、最短でも二日はかかるはずだ。

それに、交渉がうまくいったにしては、神父の表情が暗い。

「なにかあったのですか？」

胸騒ぎを覚えて訊ねると、神父が神妙な面持ちで告げた。

「人狼が消えました」

「消えた？　それはどういう意味ですか？」

「団長の話によると、すでに公爵家の人間に引き渡したと言うのです」

「え、でも……」

グレースは首を傾げる。

舞踏会を抜け出して、侍女とサーカスを訪れたのは一週間前。

そのときグレースは手紙を二通出していた。一通はアランの父であるラトゥール公爵に、もう一通は神父に宛てたものだ。

神父からはすぐに返事がきたが、肝心の公爵と連絡がつかない。

手紙にも書いておいたのだが、サーカス団は王都での興行が終わったばかりで、次は海を渡って隣国イルビオンで興行を打つことになっていた。

そうなってしまえば人狼を引き取る機会が失われてしまう。悠長に公爵の返事を待つわけにもいかない。

そこで神父が公爵の代理人としてサーカスに出向き、人狼を引き取ってくる手筈《てはず》だったのだ。

「私が不在のあいだ、公爵からなにか知らせがありましたか？」

「いいえ、特になにも」

「となると、いったい誰が人狼を買い取ったのか……」

いくら考えても、グレースには思い当たらない。

「できることなら、私が直接公爵にお会いしてお訊ねしたいところですが」

口ごもる神父の立場は微妙だった。

三年前、彼は公爵家と伯爵家、両方の寄付によって建てられた新教会の神父として迎え入れられたのだが、そのことが原因で、一部の、とくに公爵領の人間から強い反発を受けていた。

伯爵家にとって神父の教会は、新たな納骨堂としての意味合いが強い。だが公爵はかつての行動を悔いたのか、惨劇に端《たん》を発する死者の慰霊を希望した。

そのため神父は惨劇の被害者だけでなく、みずからの信念で蛮族の慰霊まで行おうとする。

そのことで両家に関わる教会と医療関係者から、強い非難を浴びることになった。

表向きは、蛮族慰霊に対する抗議だったが、その本音はじぶんたちの信者や患者を、新参者の神父に奪われるのではないかと危惧したことによる反発だった。

ただでさえ神父は公爵の信頼が厚く、子供たちをお産で取りあげた実績もある。

そこで神父は双方の顔を立てようと、彼らの既得権益は侵さないと誓い、公爵との付き合いからあえて身を引いた。

そうすることで教会存続の道を選んだのだ。

「やはり公爵が引き取ったのでしょうか？」

「それにしては、いまだにグレース様に連絡がないのは妙な話です」

となると公爵が手紙を読んだかも怪しい。

神父もおなじことを思ったのか、神妙な顔つきになる。

「わかりました。両親の許可を得たら、すぐに公爵家へ行ってたしかめてきます」

「お願いします。私は教会でお待ちしています」

礼拝堂で神父と別れ、グレースは昇る太陽に目を細めながら歩きだした。

舞踏会を抜け出して以来、じぶんから行動を起こすのはこれで二度目だ。

ラ・ヴェールの惨劇から十年。

何事にも消極的に過ごしてきたが、このままではいけないと、グレース自身、気づかぬうちに変わりたいと望んでいたのかもしれない。

「できることをしなくては……」

グレースの歩みは、いつしか小走りへと変化していた。

＊＊＊

神父その三日後。

グレースと神父の姿は、王都ヴェルリムの郊外にあった。

そこには人家を避けるようにして施療院が建てられている。

灰色の塀と緑の木立が建物を取り囲み、外からはなかの様子を窺い知ることができない。

サーカスの下働きの話によると、人狼はこの施設に運び込まれたそうだ。

「この施療院では、精神病の治療と研究を行っているそうです。噂によると、多額の寄付を目当てに貴族の子女を秘密裏に預かっているとか」

たしかに貴族社会では、名誉と体面が重んじられる。

もしも身内に心を病んだ者がいれば、こうした施設を頼ったとしてもおかしくはない。

あの日、舞踏会を抜け出してサーカスにきていたのはグレースだけではなかった。

仮面をつけた一等席の客のなかにルイーズもいたらしい。

ルイーズというのはラトゥール公爵の姉で、アランの伯母に当たる人だ。

すでに他家へと嫁いだ身だが、事あるごとに公爵家の問題に口を挟んでくるため、弟の公爵と折り合いが悪かった。

三日前礼拝堂で、人狼が消えたと聞かされたあと、グレースは公爵家を訪れていた。

そこで老執事から知らされたのは、舞踏会の翌日からルイーズとその息子フェルナンが公爵の城に滞在していて、公爵はふたりを避けるように城塞の視察へ出かけたまま戻っていないということだった。

社交界引退時に、蛮族殲滅の武功を讃えられた公爵は、国王からラ・ヴェールの森の半分を下賜《かし》された。いまは国境沿いに、長大な壁を擁する城塞を建設中だ。

一度広大な建設現場に出てしまうと、戻らない限り連絡の取りようがないらしい。

グレースの手紙に目を通していないのも、そのことが原因だったようだ。けれどなぜか老執事も届けたはずの手紙を見ていないという。

グレースはふたたび神父と落ち合うと、消えた人狼を彼といっしょに探すことにした。

神父が得た情報によれば、人狼を買い取り、施療院へ送った貴族の特徴がルイーズと一致するそうだ。

「だけどルイーズ様は、どうしてこんなところへ彼を運び込んだのかしら?」

グレースとおなじように人狼を見てアランだと思ったのなら、まっ先に公爵に伝えるはずだ。

けれど公爵城に彼女の姿はあっても、公爵に彼の存在を知らせたような気配がない。

もしも人狼がなんらかの病に罹っているのなら、精神病の施療院ではなく、王都にいる医師のもとに連れて行けばいい。

「本当にルイーズ様が彼を引き取ったのかしら？」

彼女の行動には謎が残る。

「それをたしかめるためにここを訪れたのです」

神父は門前の男に訪問の目的を告げると、隣にいるグレースに釘を刺した。

「よろしいですか？　ここでは貴女はルイーズ様の侍女ですよ」

「ええ、任せてください」

グレースはテッサに借りた服を着て、緊張した面持ちで頷く。

だが、どんなに身をやつしたところで内面から滲《にじ》みでる気品や仕草までは隠せない。

本人はそのことに気づいていないようで、神父はさらに注意をしかけて口を閉じた。突然平民になれと言われてもどだい無理な話だ。

「院長兼医師のジャン・モレルです」

グレースたちを院長室で出迎えたのは、痩《や》せぎすで青白い顔をした眼鏡の男だった。

突然の来訪に、モレルはどこか落ち着かない様子で、しきりと瞬きを繰り返している。

「いきなりで申し訳ありません。王都に出る用事がありまして、ついでにルイーズ様から様子を見てくるよう頼まれたものですから」

神父は淀みなく事情を述べながら、あえて背後に控えるグレースを紹介せずにいた。

そのためモレルの注意は神父と、彼を送り込んだルイーズにばかり集中する。

「だとしても事前にお知らせ願いたいものですね。突然来られても、こちらにも準備というものがあるのですから」

「申し訳ありません」

相手が神父と侍女だからか、モレルの態度はひどく高圧的だ。

「それで、彼はどうです？」

内容をぼかして神父が訊ねると、モレルは訝しげに目を細めた。

「判定には最低三週間かかると、ルイーズ様に申し上げたはずですが」

判定？　いったいなんのことだろう。

疑問が浮かぶグレースの前で、神父が調子を合わせて苦笑する。

「もちろんそれは存じ上げております。ただルイーズ様は言い出したら聞かないお方で、途中経過でかまわないので状況が知りたいとおっしゃるものですから……」

わがままに手を焼いていると、神父が暗に伝えると、モレルも思うところがあるのか同意しながら立ち上がる。

「まったく貴族連中というのはじぶんの手は汚さないくせに要望だけは一人前だ。まあ、ひとまず人狼のところへ案内しましょう。私が話すより、見てもらったほうが早い」

三人で院長室を出ると、扉の前に小さな人だかりができていた。

「お前たち、なにをしている！　あっちへ行ってろ！」

モレルが怒鳴りつけると、子供たちが蜘蛛《くも》の子を散らすように走り去っていく。

「みっともないところをお見せしました。知恵遅れだと、躾《しつけ》もままなりませんよ」

差別的なモレルの言動には不快感しか覚えないが、笑いながら逃げていく子供たちの無邪気な姿に救われた。

院長室があった一般棟を出ると、敷地外れに建てられた入院棟へ向かう。

「ずいぶん趣《おもむき》が違いますね」

子供の声が響く建物とは違い、雑木林にひっそり佇《たたず》む建物には窓が少ない。取りまく空気まで陰鬱《いんうつ》に感じる。

「あちらとはずいぶん造りが違うようですね」

「ここに入るのは重度の患者なんですよ」

多くを説明しないままモレルが鉄製の扉を叩くと、なかから陰気な男が顔を出した。男は来客の顔を一瞥《いちべつ》すると、無言でグレースたちをなかに招き入れる。

石造りの廊下には絵や花も飾られておらず、無機質な廊下が奥へと続いていた。目立つ場所に窓がないせいか、建物内はつねに暗く空気まで澱《よど》んでいる。

無人のような静けさは納骨堂の雰囲気に似ているが、等間隔に並ぶ扉の前を通過すると、誰かの咳《しわぶ》く音やかすかな話し声が漏れてくる。どうやら独り言を呟いているらしい。

なんとも異様な雰囲気にグレースは息苦しさを覚えてしまう。

やがてモレルは廊下の角で足を止めると、脇に置かれたカンテラを摑んだ。

「あんたはここで待つといい」

ふいにモレルが話しかけてくる。

「どうしてです？」

グレースが首を傾げると、モレルが冷淡に言い放つ。

「女には刺激が強すぎるんだよ。なかで倒れられでもしたら、いろいろと面倒だからな」

彼の言葉は気遣いというより脅しに近い。

「わたしなら平気です。ご迷惑はおかけしません」

グレースが気丈に答えると、モレルは鼻を鳴らして扉に鍵を差し込んだ。

鈍い音を立てて樫《かし》製の扉が内側に開くと、こもった空気が廊下に殺到する。

「う……」

湿気と汚水。黴《かび》に腐臭《ふしゅう》。

とても一言では言い表せない複雑な臭気に、グレースはレースのハンカチで鼻を覆った。

「やはり外で待つかね？」

怯んだのは一瞬で、グレースはすぐに首を横に振る。

「いいえ、入ります」

モレルと神父に続いてなかに入ると、カンテラの先に異様な光景が広がった。

「フゥー……フー……」

人狼は部屋の中央に据え付けられた椅子の上にいた。手足は革製のベルトで縛られ、口枷《かせ》をされているから呼吸が荒い。

身につけているシャツは拷問《ごうもん》のあとのようにあちこち破けて、ところどころ血まで滲んでいる。

あまりの痛ましい姿に、グレースは思わず目を背けてしまった。

モレルの言葉は脅しでなく事実だった。

気絶とまではいかなくても、グレースが衝撃を受けるにはじゅうぶんだ。

グレースは呼吸を整えてから、再度視線を戻す。

「フ、ゥ……」

乱れた髪の隙間から金色の瞳が煌々《こうこう》と輝く。カンテラの灯りを浴びた双眸に、苛立ちと怯えが交互に浮かんだ。

「ひどい……どうしてこんな扱いを？」

人狼に同情を寄せていると、モレルが小馬鹿にしたように笑う。

「もちろん暴れるからに決まってるでしょう」

モレルはカンテラの角で人狼の額を小突《こづ》きながら、忌々しげに吐き捨てた。

「こっちは診察のために診《み》てやってるのに、体に触ると激しく暴れて抵抗する。だからこうして大人しくさせているんですよ」

だとしても他にやりようがあるはずだ。

それにいまは診察中でもない。そんなときにまで彼を拘束する必要があるのだろうか。

これでは施療院というより監獄だ。

サーカスの檻が拘束具に変わっただけで、劣悪な環境に置かれていることに違いはない。もしかしたら手足の自由が利いただけサーカスのほうがましかもしれない。

グレースはたまらず抗議する。

「せめて部屋にいるときくらい拘束を解いてはどうですか？　こんなふうに縛りつけたままでいるなんて可哀想です」

「チッ……これだから女は……」

　モレルは首を竦《すく》め舌打ちまでした。

「言って聞かないなら、罰を与えるまでだ。逆らっているのはこいつのほうだ」

「きっと怯えているだけです」

「では、聞くがね」

　モレルの唇に酷薄な笑みが浮かぶ。

「万が一にも人狼が逃げ出して、町をうろつけばどうなる？　王城のあるヴェルリムを騒がせたとなると、私だけの責任ではなく人狼を預けたルイーズ様、いや公爵家にもその責が及ぶことになるんだぞ」

「……っ」

　そう言われてしまっては、グレースも二の句が継げない。

「そうならないために、人狼と公爵家が無関係だと証明すればいいんだろ」

「え……？」

　グレースはじぶんの耳を疑った。

彼の口ぶりでは、最初から人狼がアランでないと決めつけているように聞こえる。だから彼をこんなふうに扱っているのだろうか。

モレルの発言には違和感しか覚えない。

「院長のご配慮はわかりました。人狼を預かるのも一苦労でしょうね」

すかさず神父がグレースたちのあいだに入る。

寄越された神父の視線に意図を感じて、グレースは黙って引き下がった。

話をうまく聞き出すなら、神父に任せたほうがいい。

「わかっていただければ結構。やはり女は感傷的でいけませんな」

神父という味方を得て、モレルは態度を大きくした。

あまりの悔しさにグレースは右手を握り締めたが、ここで感情的な態度を見せればモレルを喜ばせるだけだ。

グレースは平然としたふりをしながらふたりのやりとりをじりじりと見守る。

「それで、人狼がアラン様だという可能性はわずかでもあるのでしょうか?」

核心を突いた神父の質問にグレースの胸が大きく高鳴った。

モレルの人格に問題があったとしても、彼はまがりなりにも医師なのだ。

人狼を診察することで、なにか手がかりを摑んでいるかもしれない。

モレルは期待のこもる視線を浴びて、やけにもったいぶった口調で持論を述べた。

「たしかアラン様が森に消えたのは七歳頃のことだとか」

神父に続きグレースが頷くと、モレルは先を続ける。

「だとすれば当時のアラン様はそれなりの教育を受けていたことになる。もしも人狼がまともな教育を受けているのなら、読み書きや最低限のマナーくらいこなせるはずです」

「ええ、そうでしょう。私が知る限りアラン様はとても利発な子供でした」

「では、私の診断に間違いはない。人狼はただの野生児です」

神父の言葉を受け、モレルがきっぱりと断言した。

「野生児？」

聞き慣れない言葉に思わず問い返すと、神父が説明してくれる。

「野生児というのは、森に捨てられた子供のことです。貧しい農家が口減らしのため、森にわが子を置き去りにしてしまうのです」

初めて知った残酷な現実にグレースは胸を痛める。

親として、さすがに子供を殺《あや》めることはできないのだろう。けれど森に置き去りにされてしまえば最終的にたどる道はおなじだ。

いつかじぶんを迎えにくると信じ、期待と絶望を繰り返すうちにお腹が空いて日が暮れる。夜には獣がうろついて恐怖に震えるだろう。

もしもじぶんがおなじ目に遭《あ》うなら、ひとおもいに殺して欲しいと願うかもしれない。

グレースが沈んでいるあいだにも、モレルはじぶんの説の正しさを強調していた。

「人狼はこれまで一度も発言していない。もしも貴族の息子なら、とっくに助けを求めているはずだ。それでも喋《しゃべ》らないということは、最初からまともな教育を受けていないに違いない。幼いうちに捨てられた野生児は、たいてい長くは生きられず、森で餓死するか獣に食われて死んでしまうかだが、こいつはたまたま運が良かったんだろう」

本当にそれだけだろうか。

ただ運が良かっただけで過酷な環境を生き延びたとは思えない。

モレルが言うように口が利けないにしても、少なからず人狼はここまで生き残る術を持ち合わせていたと考えるほうが自然に思える。

神父もおなじ結論に達したようで、モレルに素朴《そぼく》な疑問を投げかけた。

「ですがいったいどうやって、この歳まで生き延びていられたのでしょう。私たちが説明できないことを彼がやり遂《と》げたとすれば、まったくの無学とも言えないのでは？」

「だ、だからその証明には時間がかかると言っているんだ！　私としては確証を得た上で報告したかったのに、勝手に押しかけて答えを急がせているのはお前たちだろう！」

結局モレルも人狼について、まだはっきりとはわかっていないのだ。

「考えられるとしたら、こいつはある程度大きくなって捨てられたか、ときどき村に行って食べ物をくすねたり、誰かの施しを受けたりしていたんだろう。心配しなくても、人狼が公爵家の息子ではないと証明してやるから、しばらく待っているようあんたたちからもルイーズ様に伝えてくれ」

それを聞いてグレースはますます困惑する。

やはりモレルは最初から人狼を野生児だと決めつけているのだ。そんな結果ありきの診断にどれだけ信憑性《しんぴょう》があるのだろう。

「ちょっとこちらへ」

神父が目配せして、グレースを壁際に呼んだ。

「これは軍医の経験から申し上げるのですが……」

こちらを窺うモレルを気にしながら、神父が一段と声を潜める。

「あまりに悲惨な戦場だと、兵士のなかにも精神の異常や混乱をきたす者が少なからずおりました。大の大人であってもそうなのです。ましてアラン様が惨劇に巻き込まれたのは多感な年頃。人間同士の争いに加え、狼の群れにも襲われているのです。そんな残酷な光景を目の当たりにして、はたして正気を保っていられるかどうか……」

グレースははっと息を呑む。

「では、アランはそのせいで獣のようになっているのですか?」

神父は悲しい目をして人狼を一瞥した。

「もしくは失語症に陥《おちい》っているのかもしれません。兵士も精神的なショックや怪我が原因で錯乱《さくらん》したり声を失ったりする者もいましたから……」

「それでルイーズ様は、彼を施療院に預けることにしたのかしら? だとしても院長の発言が気になるわ。あれではルイーズ様の意向で、野生児と決めてかかっているみたい」

だとすればルイーズはなんのために人狼を買い取ったのだろう。野生児と疑っているのなら、そもそも引き取る理由が見当たらない。

「このことはお伝えすべきか迷っていたのですが……」

神父は硬い表情でグレースを見下ろす。

「後継者の問題もあり、公爵はかねてから親族の方々に後妻を迎えるよう迫られておりました。ですが亡き夫人をいまだ愛する公爵は、それを断り、妥協案としてアラン様が十年経っても戻らなかった場合、親族のなかから養子を迎えることになっていました。その養子候補がルイーズ様の次男、フェルナン様なのです」

そこまで聞けばグレースにも想像がつく。

アランが森に消えて、今年で十年目。ルイーズはなんとしてもじぶんの息子を公爵家の跡継ぎにしたいのだろう。

だからいまになって、アランかもしれない男が現れては困るのだ。それなら人狼を別人だと証明するためにやっきになっているのもわかる。

「ひどい……彼はじつの甥かもしれないのに……」

首を巡らせ人狼を見ると、男は愁《うれ》いを帯びた眼差しでグレースに応じた。

彼はアランなのか、それともただの野生児なのか。

あらゆる可能性を並べ立てられると、最初の直感が揺らいできてしまう。

けれどルイーズの企《たくら》みを知ったいま、手をこまねいているわけにもいかない。

彼女に雇われたモレルがいくら診断をくだしたところで到底納得はできないし、神父が言うように心に傷を負って失語症に陥っているのだとしたら、彼に必要なのは拘束ではなく癒やしだ。

たとえ人狼がアランでなくても、ここに残していけば彼に明るい未来はない。

グレースは神父に視線を戻すと、強い決意を口にした。

「彼を連れて帰りましょう」

神父の眉がぴくりと反応する。

「ですが、野生児の可能性もあるのですよ」

「わかっています。だから連れ帰って、神父様に公平な目で診ていただきたいのです。そのためにはまずは彼をここから出さないと」

いまのじぶんは同情と正義感に突き動かされているだけだと、グレース自身わかっている。たとえ連れ帰ったとしても、この先に関して具体的な策があるわけでもない。

「神父様、お願いです。どうか彼を助けてあげてください」

「……それがグレース様の望みなのですね？」

最終確認するように、神父が碧い瞳を覗き込むように問いかける。

グレースが頷くと、それを聞きつけたモレルが目を剥《む》いた。

「グレース様だと？　その女はルイーズ様の侍女ではないのか？」

グレースが顔色を変えると、モレルはますます激昂した。

「最初から妙だと思っていたんだ。ふたりして私を騙《だま》したんだな！　信じられん！　とっととここから出ていってくれ！」

モレルが部屋から出ていこうとすると、神父が素早くその腕を掴み、力尽くでこの場に留まらせる。

「い、痛い！　なにをする、放せ！」

「どうか落ち着いてください。騙したことはお詫《わ》びしますが、そうでもしなければ貴方は会おうとさえしなかったでしょう。違いますか？」

モレルはわずかに顔を逸らすと、口を真一文字に引き結んだ。

「私たちの話を聞いてくださるなら、これ以上の乱暴はしません」

ぎりぎりと腕を締め上げられ、モレルの顔が苦痛に歪む。

「それにここでのことをルイーズ様に知られたら、損をするのは貴方のほうですよ」

「なんだと？」

不利益になると聞き、モレルは口を利くことにしたようだ。

「私たちに人狼の存在を知られたルイーズ様は、間違いなくよそに人狼を移すでしょう。そうなれば貴方は報酬を得られず、逆に過失を理由に損害賠償を求められるかもしれません。それに彼女は大の噂好きだ。ここの悪評が社交界に広まれば、今後の経営にも支障が出るかもしれませんよ」

「う……」

痛いところをつかれたせいか、モレルの抵抗が弱まる。それを見た神父は、彼の腕から手を放したがモレルは逃げようとしなかった。

「わたしにしばらく人狼を預けてください」

「はっ、ご冗談でしょう」

モレルが鼻先で笑う。

「専門家の私がこれだけ手を焼いているのに、どこぞの令嬢が人狼の世話をする気か？」

「はい、そのつもりです」

無茶なことを言っているのはグレースも承知だ。でも、人狼がアランかどうか見極めるにはそばに置いてたしかめるしかない。

「服を着せるだけでも数人がかりなんだ。そんな男相手に、貴女のその細腕でどう対処するつもりだ？」

「それは……」

「ふんっ。ただの思いつきか」

相手が女だからか、それとも貴族への鬱憤《うっぷん》からか。モレルは露骨《ろこつ》にグレースを見下して、肩をそびやかす。

じぶんの申し出に計画性がないのは事実だが、だからといって人狼を救いたい気持ちまで軽んじられたくない。

「必ず責任は持ちます。だからわたしに彼を預けてください」

「冗談じゃない！　私の雇い主はルイーズ様だ。彼女の許可なく人狼を渡すわけにはいかない」

頑なに拒絶するモレルの考えを変えさせたのは、グレースの熱意でも、彼の医師としての道徳心からでもなかった。

「それなら保証金と迷惑料をお支払いします」

神父が金貨の詰まった小袋を差し出すと、モレルの態度は途端に軟化した。

「まあ、どうしてもというのなら預けてもいいだろう」

「ありがとうございます」

グレースが声を弾ませると、男は小袋を懐にしまいつつ冷淡に告げる。

「ただし期間は十日だ」

「たったの？」

目を瞠《みは》ると、眼鏡の奥でモレルが嘲笑《あざわら》う。

「これでもじゅうぶん譲歩したつもりですよ。この件は、ルイーズ様抜きに話を進めるんだ。言っておくが勝手に逃がした場合は、この十倍の賠償額を請求するからな」

「そんな……」

賠償額よりも、期間のほうが気にかかる。

ようは十日のあいだに人狼がアランだと証明できなければ、彼はまたしても施療院に逆戻りすることになる。

たった十日でいったいなにができるだろう。

グレースが不安を募らせていると、神父はこれ以上交渉を続けても進展がないと判断したのだろう。

「移送期間を除けば、それが妥当な線でしょう。ご配慮感謝いたします」

素直に従うふりを装いながら、さりげなく移送期間を別扱いにしてくれた。

「おそらく貴女は三日と保たずに、じぶんの決断を後悔するだろう」

頭ごなしに決めつけられて、悔しさと同時に闘志も湧いてくる。

大丈夫。ここから連れ出しさえすればきっとなんとかなるはずだわ。

グレースは根拠のない励みを胸に人狼を見ると、男はその想いに応えるかのようにグレースの姿だけをただ一途に追い続けていた。

# 第2幕　教会の人狼

伯爵家の礼拝堂は、子供たちにとって絶好の遊び場だった。滅多に大人が訪れず、仄暗く神聖な雰囲気が隠れ家みたいで好ましい。

母親のクローゼットから持ち出した外出用のベールを頭に被ると、グレースは小さな花嫁になっていた。

「グレース」

アランとクリストフから同時に呼ばれ、グレースは聖母の前に進み出る。

たとえままごとの結婚式でも、三人とも子供なりに真剣だった。

「グレースのことはぼくが守るよ」

「ぼくはグレースのそばを離れないよ」

幼馴染みと弟はそれぞれに誓いを立てると、両側からベールを持ち上げてグレースの頬にキスをする。

「ふたりとも大好きよ。これでいつまでもいっしょにいられるわね」

小さな夫たちの腕に抱き締められ、次々と突き出される唇に口づける。

彼らふたりは髪の色も目の色も同じで、クリストフと双子のグレースよりもよっぽど似ているけれど、アランの唇は熱く渇き、クリストフの唇はしっとり熱い。

「ふたりがいれば、もうなんにもいらないわ」

グレースが微笑むと、アランが照れ隠しのように肩を竦める。

「そう？　ぼくはマドレーヌも欲しいけど」

「ぼくはアランと違って、グレースだけだよ」

「なんだよ。ぼくだってグレースが一番だ」

競い合うように少女を取り合う少年たちのやりとりを、愛を司る聖母が静かに微笑みながら見守っている。

「グレースはぼくのものだ」

アランが素早くグレースの唇を奪う。

「ずるい！」

上書きするようにクリストフが唇に長いキスをする。

「こんなところに隠れていたのですか！」

乱暴に開いた扉のせいで、子供たちの幸せな世界が音を立てて崩れていく。

神経質で融通の利かない乳母は早足で近づくと、グレースを少年たちから引き離した。

「言ったはずですよ。もう男の子たちと遊んではいけません」

「ご、ごめんなさい」

グレースが謝ると、小さな夫たちが口々に妻を庇《かば》う。

「グレースは悪くない！　ぼくが誘ったんだ」

「そうだよ。ぼくたちは聖母様に誓ってただけだ！」

「誓うですって？」

グレースのベールをむしり取ると、乳母が残酷に言い放つ。

「夫をふたり持つのは不道徳です。まして弟と、誓いのキスだなんて汚らわしい。そんなことをしては、いまに天罰を受けますよ！」

あまりの剣幕に子供たちは竦み上がる。

それはたわいもない誓いのはずだった。幼い少女が父親の花嫁になると言い出すような。

少年が母親と結婚すると囁くような。

いずれ成長すれば想い出に埋もれてしまうような無垢な結婚式が、乳母が持ち込んだ大人の価値観によって無残にも踏みにじられ、グレースの心に恐怖を植え付けてしまった。

「さあ、部屋に戻りますよ。淑女になるには、男の子と違うことを学んでいかないと」

「あ……っ」

グレースは引きずられるように礼拝堂から連れ出される。

——いまに天罰を受けますよ！

そう乳母に怒鳴られたからか、去り際に見上げた聖母の顔が怒りの形相に変わって見える。

「ごめんなさい、聖母様」

グレースは小さな声で呟くと、両親から贈られた十字架を握り締めて密かに誓う。

夫は必ずひとりにします。もう二度と弟にキスなんかしません。だからどうか、わたしたちに罰を与えないでください。

＊＊＊

神父の教会は新道沿いに建っている。

旧道を使えば一時間ほどで伯爵家と公爵家を往き来できるが、惨劇が起きて以来、旧道を使う者は少ない。

グレースたちを乗せた馬車も、倍の時間をかけて新道を通り、両領地の中程にある神父の教会を訪れた。

神父の家は、教会の裏手に建っている。

小径を歩いて玄関先に到着すると、テッサが急に訊ねてきた。

「お嬢様は本当に、人狼の世話をするおつもりですか？」

彼女にしては珍しく否定的だ。

前日に、神父と考えた外出の口実を両親に伝えるときも、アランが好きだったマドレーヌを用意してもらったときも、テッサは協力的だった。

それなのに人狼が移送されてくる当日になって憂い顔を覗かせている。

「心配なんです。だって人狼がアラン様かどうかはっきりしていないんですよね？」

「だから引き取って、わたしたちでたしかめるのよ」

「でも、別人だったらどうなるのですか？　ただでさえお嬢様のお心が不安定なときに、心配事を抱え込むなんて」

「テッサ……」

そのことについては弁解のしようもない。グレースは昨夜も夢遊病を起こし、廊下を歩いていたところをベッドに連れ戻されたばかりだ。

きっとアランの、いや、人狼のことばかり考えていたせいだろう。

グレースの夢遊病には決まって悪夢がつきまとう。

たいていはクリストフを探しに森に行く夢を見るのだが、人狼に会ってからは幼い頃の出来事を夢に見るようになっていた。

「アランかどうかは別にしても、彼を施療院に残していくことはできなかったの。本当にひどい扱いを受けていたのよ」

自由と尊厳を奪われた人狼を、あの場で救い出せるのはじぶんしかいない。

そう感じたからこそ、グレースは神父に協力を乞うたのだ。

「アランたちが森で行方不明になったとき、わたしは幼すぎて彼らを探しに行くこともできなかった。あのときの無力感や後悔があるから、結果が期待どおりにいかなくても、わたしは決して落ち込んだりしないわ。だって、なにもしないでいるよりはずっとましだもの」

「お嬢様……」

グレースの思いに共感してくれたのか、テッサはそれ以上なにも言わなかった。代わりにじぶんから玄関の扉をノックしてくれる。

けれど、いくら待っても扉が開かない。

耳を澄ませても、聞こえてくるのは梢《こずえ》を渡る風の音くらいだ。

「どこかへ出かけたのでしょうか？」

「まさか。わたしたちが来ることも伝えてあるのよ」

そこに興奮する馬の嘶《いなな》きが響いてきた。

「裏庭だわ」

胸騒ぎを覚え、グレースたちは小径《こみち》を駆け出す。

真っ直ぐ行けば川があり、右に曲がれば菜園や鶏《にわとり》などの家畜《かちく》小屋がある。

馬の嘶きは菜園の奥、マロニエの樹のそばにある納屋《なや》のなかから聞こえてくる。

そこから神父が飛び出してきた。

「神父様！」

急いで駆けつけると、神父の右目の周辺が青黒く鬱血《うっけつ》しているのが見える。

「その怪我はどうなさったのですか？」

グレースが息を呑むと、神父は目もとを隠すように片手で額に触れた。

「これは……移送の際にちょっとした事故がありまして……」

「それは殴られた痕ですよね?」

テッサの言葉に、グレースはえっと驚く。

まさか人狼に危害を加えられたのだろうか。そうとなると、施療院での拘束もあながち間違いとは言い切れない。

「殴られたのではありません。施療院の人間が人狼を荷馬車から降ろす際、彼のひじが偶然顔に当たったのです。移動のせいで興奮していたのでしょう」

不運には同情するが、わざとではないとわかりほっとする。

人狼がアランなら、じぶんを取りあげてくれた神父に危害を加えるはずがない。そう信じたかった。

「それでア……いえ、彼はいまどこに?」

「納屋に逃げ込んだので、ひとまず鎖で柱に繋いでいます」

鎖と聞いて、テッサがぎょっとする。

彼女は拘束された人狼の姿を見ていないので驚くのも無理はない。

「施療院の男たちが人狼に首枷と鎖をつけた状態で逃がしてしまったものですから……」

それで納屋の馬も興奮ぎみなのだろう。

引き取ってまだ半日も経っていないのに、早くも暗雲が漂い始めている。

「やはりお嬢様は近づかないほうがよろしいのでは？」

――おそらく貴女は三日と保たずに、じぶんの決断を後悔するだろう。

テッサの声にモレルの声が重なる。

グレースは弱気になりかけたじぶんを鼓舞《こぶ》するようにテッサに言った。

「いいえ、彼を預かると決めたのはわたしよ。わたしもちゃんと世話をするわ」

「でも、お嬢様の身になにかあれば……」

テッサが心配してくるのはわかる。

けれど、じぶんたちや人狼に許された猶予《ゆうよ》は十日しかない。

グレースは時間を無駄にするまいと、神父に向き直った。

「神父様、わたしはなにからすればいいでしょう？」

すると神父はしばらく逡巡《しゅんじゅん》したあと、扉の横の空き樽の上に置かれたトレイを差し出してきた。

「……人狼は施療院にきてからまともな食事をとっていないそうです。だからこれを届けてもらえますか。グレース様が渡せば、人狼も心を許して食べるかもしれません」

トレイの上には、パンと冷めきったスープがある。

「わかりました」

グレースが躊躇《ちゅうちょ》なくトレイを受け取ると、テッサが慌てた。

「なかに入って、襲いかかられたらどうなさるおつもりですか？」

怖ろしくないと言えば嘘になる。けれど、人狼に早く会って話したい気持ちもある。

「さっきなかに入ったときに危険な物はどかしておきました。ただし、不用意に近づきすぎないでください。鎖の届く範囲には、藁《わら》が敷いてあります。それを目印に決して先には入らないようにしてください」

「わかりました」

テッサは考え直すよう説得してきたが、グレースの意志は変わらない。

渋るテッサを残してグレースがなかに入っていくと、神父が影のようにあとに続く。

扉を閉めきった納屋は薄暗く、陽光に慣れた目ではすぐに順応ができない。

何度か睫毛《まつげ》を瞬かせていると、壁板の隙間から帯状の光が差し込んでいるのが見えた。

光のなかで埃《ほこり》たちがきらきらと妖精のように舞っている。

グレースたちを見て、栗毛の馬が興奮ぎみに地面を蹴《け》った。

「どうどう」

急いで神父が駆け寄り、しばらく馬首を撫でてやると、愛馬も次第に冷静さを取り戻していく。

「あとで飼い葉をあげるわね」

グレースが声をかけると、馬が馬体をぶるんと振るう。

グレースはトレイを抱え直すと、藁が積まれた奥へゆっくりと進む。

さっきから強い視線を感じていた。

中央までくると屋根を支える太い柱があり、そこからとぐろ巻く蛇のような鎖が地面を這って暗がりへと続いていた。

鎖の先をたどると、藁山の陰でこちらを窺う影が見える。

グレースはなんと呼びかけるか一瞬迷ってから、期待を込めてその名を口にした。

「アラン」

鎖が小さく返事して、物陰から頭が半分覗く。

「用心してください。干し草が敷いてある範囲なら、彼も自由に動きまわれます」

背後から囁くような声が聞こえ、グレースは首だけ振り向いて頷いてみせる。

あと三歩も進めば、干し草が敷かれた場所に届く。

彼の立場で考えれば、見知らぬところへ連れてこられ警戒しているはずだ。

サーカスや施療院でこれまで関わってきた人たちは、彼から自由を奪い、力尽くで従わせようとしてきた。

今度もおなじ目に遭うと考え気が立っているのだとしたら、ここは安全な場所だと早く教えてあげたい。じぶんたちはあなたの味方だと伝えたい。

「わたしのことを覚えてる？」

グレースは幼子に話すようにやさしく呼びかけた。

「サーカスや施療院でも会ったでしょ？」

もう一度声をかけると、鎖が鳴って暗がりから人狼が現れた。

男の立ち姿は初めて見たが、神父とおなじくらいはありそうだ。

施療院で見たのとおなじ破れたシャツとズボンを穿《は》いて、以前見たときよりもひとまわりほっそりして見えるのは、まともな食事を摂っていないせいだろう。

前髪から覗く眼窩《がんか》と頬は落ち窪んで、瞳だけが澄んだ湖面のように濡れていた。

こうして再会してみると、人狼に対する恐怖心よりも庇護《ひご》欲のほうを強く感じる。

「わたしはグレース。あなたの幼馴染みよ」

言葉が通じたのか、たんに興味を惹かれただけか。男はふいに腰を屈めると、両手をついて獣のように近づいてきた。

長い腕が交互に繰り出されるたび、男の肩甲骨がしなやかに動く。

人狼とグレースは藁の境界線で対峙した。

グレースはそっと藁の上にトレイを置く。

「お腹が空いているでしょう？　ご飯を持ってきたわ」

人狼はごくりと喉を鳴らしたが、手を出そうとはしない。

「スープだけでも飲んでみたら？」

それでも人狼は動かない。きっとまだ警戒しているのだろう。

せっかく施療院から出たのに、ここで餓死されては元も子もない。

グレースはドレスが汚れるのもかまわず地面に膝《ひざ》をつくと、スープ皿を手に持って、少しだけ飲んでみせた。

「ほらね、これは飲んでも大丈夫」

すると、グレースが立ち上がるより早く、人狼が目の前に移動してきた。

あっという間の出来事に心臓が早鐘を打つ。

グレースと人狼はおなじ高さで互いの姿を捉えていた。

至近距離で向かい合っても長い髪で覆われた男の表情は読み取れない。その髪は、塵《ちり》や葉くずなどを巻き込んで、腰まで長く伸びていた。

体臭は思ったほどではない。施療院で感じた悪臭は、部屋そのものに染みついていた臭いだったのだろう。

「グレース様、早く離れてください」

潜める神父の声に緊張が走る。

できることなら無理にでもグレースと人狼を引き離したいところだが、下手に動けば相手を刺激するとわかっているから神父もすぐには動けない様子だ。

神父は眉間に縦じわを作ったまま、岩のように緊張感に耐えていた。

グレースが人狼の前にスープ皿を置くと、男は鼻を鳴らして臭いを嗅《か》いでから、ようやく顔を近づけて舌でスープを舐《な》めだした。

よっぽど喉が渇いていたのだろう。

舐めるだけでは飽き足らず、とうとうスープ皿を手にとって、残りを一気に喉へ流し込む。それで勢いがついたのか、今度はパンを摑むとがつがつと貪《むさぼ》り始めた。

「良かった……」

グレースはほっと息を吐く。

人狼はただ食事をしているだけなのだが、それでもじぶんを信用してくれているようで喜びに浸ってしまう。

背後で張りつめていた神父からも、安堵の気配が伝わった。

だがそのとき、誰も予想していないことが起きてしまう。

「お嬢様、大丈夫ですか？」

心配したテッサが納屋の扉から顔を覗かせると、ふいを衝かれた人狼が、思わず振り返ったグレースの肩に手をかけ、その体を藁の内側に引きずり込んだのだ。

不安定な体勢で力の加わった体はもんどりを打ち、気がつけば世界が反転していた。

急所をさらした鳩尾《みぞおち》に人狼の軽く握った手がのせられる。

「お嬢様……！」

たったそれだけのことでグレースは身動きが取れなくなる。

人狼は澄んだ瞳でグレースのことを見下ろしていた。

圧倒的な存在感に支配されてしまう。

「どうしよう……お嬢様が……」

じぶんが招いた最悪の事態にテッサは両手で口を覆う。

神父は壁際に素早く手を伸ばすと、物陰に隠してあった農具を摑んだ。

その農具は、木製の柄と三つ股に割れた金属の先端がついているものだ。

普段は藁をかき集めるためのフォークだが、神父が握ったいまは立派な武器と化していた。

「いまお助けします」

神父から軍人の顔になった男は、農具を持って静かに近づく。

グレースは、首を仰《あお》のけて神父を制止した。

「待って、彼に手を出さないで！」

「ですが……」

肩まで振り上げた農具が行き場をなくす。

「彼は驚いて、とっさに反応しただけよ。それにわたしはどこも怪我していないわ」

その証拠に、鳩尾に置かれた手には殺気を感じない。それどころか爪を立てない飼い猫のような慎重さで、手加減までしてくれている。

さっきの行動も、まだ躾のできていない子犬が興奮して飛びついてきたようなものだ。

「お願いですからそれを下ろしてください。ここで危害を加えたら、彼は二度とわたしたちのことを信用してくれないでしょう」

「……っ」

神父は逡巡しながら、振り上げていた農具を下ろす。

それで敵意がないと判断したのか、人狼もグレースの鳩尾から手をどけた。

「ね、ここにいる人は誰もあなたを傷つけないわ」

グレースが手をついて上体を起こすと、人狼はその横に身を寄せながらちょこんと座る。

そうしていると飼い主に忠実な猟犬のようだ。

グレースははたと思いついて、打ちひしがれたままのテッサに声をかけた。

「テッサ、例のバスケットを持ってきてもらえる？」

「はい！」

テッサは先ほどのミスを挽回しようと、籐製のバスケットをすぐに持ってくる。

人狼はすんすんと鼻を鳴らし、中身にひどく興味を示す。

グレースがバスケットの蓋を開くと、納屋中に甘い匂いが広がった。

「覚えてる？　あなたの好きなマドレーヌよ」

伯爵家の料理人が作る焼き菓子は絶品で、アランはとくにマドレーヌを気に入っていた。

それが目的でうちに来ているんじゃないかと、クリストフにからかわれていたほどだ。

「さあ食べて。全部あなたのものよ」

人狼はバスケットをひったくるようにして、夢中で焼き菓子を頬張った。

「どう美味しい？　なにか思い出した？」

食べる横で問いかけてみても、彼は無言で三つ目のマドレーヌに取りかかるだけだ。

これでは焼き菓子に反応しているのか、たんに空腹なだけなのか判断がつかない。

思った反応が返らないことに落胆していると、神父が近づきグレースを慰めた。

「いまは空腹を満たすことに夢中なのでしょう。焦りは禁物です」

神父はさりげなくグレースを境界線の外へと連れ出す。

人狼は腹を満たすことに熱心でそのことを気に留める様子もない。

ここにいる人間はじぶんに危害を加えないのだと学習したのかもしれない。

五つ目のマドレーヌに取りかかったとき、人狼が激しくむせた。

「水です」

テッサが気を利かせて水差しを持ってくる。

グレースが藁の上に置くと、人狼は水差しから直接喉を潤《うるお》して、ふたたび食事に取りかかった。

あまりの勢いに、彼の飢えが忍ばれる。

「すごい食べっぷりですね。うちの弟たちが小さかった頃を思い出しますわ」

あまりの食欲にテッサは毒気を抜かれたように苦笑した。たしかテッサは十人兄弟の長女のはずだ。兄と弟に囲まれて育った彼女は、すぐに人狼の扱いにも慣れてしまった。

そんなふうに一日目は過ぎ、翌日は首枷を外して神父の家で寝泊まりをするようになった。

だが一番の変化は、テッサの強い要求で人狼を風呂に入れたことだろう。

「そんな汚い男をお嬢様に近づけるわけにはいきませんわ」

どんなときでも彼女の最優先事項はグレースのようだ。

人狼は、神父に体を磨かれ、テッサの手によって髪や服を整えられる。

「これが、あの人狼なの？」

あまりの変貌にグレースは度肝を抜かれた。

つい人狼と呼んでしまったが、いまの彼は瞠目するほどの美青年に変わっていた。

腰まであった髪は肩のところで短く切られ、少し癖のある暗褐色の前髪が、整った彼の輪郭をやわらかく包み込んでいる。

濃い睫毛に縁取られた琥珀の瞳は憂いを帯び、通った鼻筋と形のいい唇が気品と色気を孕んで、見る者をどぎまぎさせる。

最初はひび割れていた肌も、長年の汚れを落としてみれば、細かな傷はあるものの瑞々しい張りと艶を取り戻していた。

惜しむらくは、彼の着ているシャツとズボンが神父の古着だというくらいだ。

わずかにサイズが合わないようで、裾からはくるぶしが微妙にはみ出している。それでも生来の美貌が損なわれることはない。

「あとでサイズを調整しますわ」

テッサは最後の仕上げに余念がない。ここまで変身すると手のかけがいがあるのだろう。

人狼はアランかもしれない。

誰も口には出さないが、変貌した男の姿に期待の眼差しを寄せてしまう。

「アラン」

グレースが呼びかけると、人狼がふわりと笑った。

長かった髪の下に、こんなにも邪気のない表情が隠れていたとは予想外だ。

グレースは一瞬にして過去に引き戻される。

天真爛漫《らんまん》で快活なアラン。

その大胆さから大人たちを心配させて叱られてばかりいたが、最後には決まって許してしまう。

人狼の笑顔に幼馴染みの面影を見つけ、喜びに浸ったのも束の間。

彼は食卓に置かれたマドレーヌを見つけると、素早く両手に摑んでテーブルクロスのかかる食卓の下に逃げ込んでしまった。

見かけはいくら変わっても、中身は人狼のままだ。

「誰も盗らないから、椅子に座って食べたら？」

クロスをめくってそう呼びかけると、人狼は食べる行為に夢中でグレースに見向きもしない。

貴族と呼んで差し支えない風貌なのに、彼は相変わらず手づかみで食事をする。

グレースが見ていることに気づくと、人狼は上目遣いにグレースを見つめた。

そのあいだも人狼は指についた菓子の残滓《ざんし》を名残惜しそうに舐めている。

「……っ」

指の股から、唾液に濡れた赤い舌が見え隠れした。

他意はないだろうが、その様はひどく官能的で、指を舐めている男に見つめられていると、なんだかじぶんの体に彼の舌が這っているような錯覚を感じる。

耳からうなじ、うなじから鎖骨へと彼の舌がゆっくりと移動して……。

「グレース様」

「……っ」

神父の手が肩に置かれ、はっと我に返った。

じぶんはいまなにを考えていたのだろう。

悟られるはずもないのに、羞恥《しゅうち》心で頬が真っ赤になってしまう。

「いまは呼びかけに答えなくても、そのうちなにか喋りだすでしょう。じぶんから出てくるまで見守っていましょう」

「そうですね」

グレースは動揺を隠して移動すると、今後の対応について三人で意見を交わした。

＊＊＊

「今日もピエールのところへ行くの？」

玄関ホールに降りていくと、薔薇を抱えた母と出くわした。

頻繁に外出する口実として、グレースは教会にきている子供たちに読み書きを教える手伝いをしていることになっていた。

実際神父は貧しい家の子供たちに無料で勉強を教えようとしているが、子供といえど彼らの親にとっては労働力に変わりはなく、なかなか続けて通うのは難しいのが現状だ。

そうとは知らない両親は、普段自発的に動こうとしない娘の変化を素直を喜んでくれている。

「ピエールによろしく伝えておいてちょうだい」

「はい、お母様」

嘘をついて外出することに後ろめたさを感じてしまうが、公爵を差し置いてじぶんの両親に先に話すわけにもいかない。

ましてや預かった人狼がアランと証明できなければ、無駄に期待をさせるだけだ。

「行ってきます」

複雑な心中を抱えたまま馬車に乗り込むと、テッサが続いて乗り込んでくる。

彼女の抱えるバスケットには今日もマドレーヌが入っている。

空腹時に味を覚えたせいか、いまや人狼の好物になっていた。

馬車が動きだすと、テッサが感慨深げに呟く。

「あっという間の一週間でしたわね」

グレースは曖昧に相づちを打ちながら、車窓の景色をぼんやり眺めた。

人狼は覚えが早く、教えればナイフやフォークで食事をすることもあった。

それに言葉こそ発しないが、『ごはん』『ねむい』『だめ』などの単語ならこちらが話すことも理解できるようだ。

今日こそなにか話すかもしれない。

グレースは目覚めるたびに期待して、午後になると朝顔の花のように萎《しぼ》んでいた。

日が経つにつれ、人狼はアランではなく野生児なのかもしれないという思いが強くなる。

グレースが想い出を話して聞かせても、人狼は不思議そうにグレースを見つめているか、足もとにうずくまって大きな体を丸めるように眠ってしまう。

「神父様のお話だと、まだうなされているみたい」

人狼の世話をするようになって不思議とグレースの夢遊病がぱったり治まった。

だが、今度は人狼が悪夢に悩まされているらしい。

しかも教会に引き取ってからそれが毎晩続いているようで、神父の顔は会うたびにやつれていく。

そこでグレースたちが人狼の世話をするあいだ、神父には仮眠を取って休んでもらうことにしていた。

「よほどサーカスや施療院で辛い目に遭ったのかもしれませんね」

「そうね……」

グレースは相づちを打ちながらも、思考は別のことに囚われていた。

どうして彼はふたりきりになると、じぶんに触れたがるのだろう。

最初は偶然の出来事だった。それが次第にエスカレートして、いまに至っている。

神父の家に到着すると、玄関先で大きな影が飛びついてきた。

耳敏い人狼はどんなに遠くからでもグレースたちの馬車や足音を聞きつけて、扉の前で待ち構えているのだ。

「おはよう。ちゃんと神父様の言うことを聞いていた？」

なにを聞いても人狼はにこにこ微笑んで、今朝も言葉を発しない。

あと三日で約束の期日がきてしまうが、最後まで希望は捨てないつもりだ。

グレースが椅子に座ると、神父は仮眠のために寝室に入り、テッサはお茶の用意をしようと台所に向かう。

ふたりきりになると、人狼がマドレーヌをくれとせがんできた。

バスケットの蓋を開けてやっても、人狼はグレースを見たまま動こうとしない。

「じぶんで食べられるでしょう？」

それでも人狼はじっとしたままでいる。

「わたしに食べさせて欲しいの？」

返事はなくても、彼の意志が固いことはわかった。

きっかけは、人狼が膝に落としたマドレーヌを拾ってあげたことだ。

そのときもたままたまふたりきりで、両手にマドレーヌを握っていた人狼はグレースの手にあったものにかぶりついた。

以来人狼はグレースの手からマドレーヌを食べることを覚えてしまい、直接与えられるのを待ってしまう。

グレースは仕方なくマドレーヌを手にした。

すると人狼はグレースの華奢な手首を両手で摑むと、指でつまんだマドレーヌに齧《かじ》りつく。

焼き菓子は徐々に胃袋に収まり、ついに人狼の唇が指先に到達する。

人狼はグレースを見ると、そのまま白い指を口に含んだ。

「ぁ……」

もう欠片すら残っていないのに、男の舌がねっとりと指を味わう。

「……っ……」

生温く湿った感触に背筋がぞくりと反応する。

彼はただマドレーヌの残滓を舐めたいだけだ。

そう思いたいのに、男はうっとりと目を細めながら、夢中でグレースの白い指に舌を這わせていく。

「もうない……ん……」

手を引こうとすれば、かえって手首を摑む手に力が込められる。

人狼の舌は執拗《しつよう》に指を求め、グレースを簡単には解放してくれない。

これまではじぶんの思い過ごしだとばかり思っていたが、今日で確信に変わった。

彼の目的はマドレーヌではなく、グレースに触れることなのだ。

「アラン、やめて……」

これまでは保護の対象だった人狼が、突然その体に見合った大人の男に見えてくる。

「っ……」

赤い舌が指の股に差し込まれると、ぞくぞくと言いしれぬ刺激が伝い、体の奥に少しずつ新たな感覚を産み落としていく。

それはグレースにとって初めて味わう刺激だった。

「ん……」

堪えきれず、焼き菓子より甘い声が漏れる。

その舌が手の甲を伝い、二の腕にまで愛撫が及ぼうとしたとき、突然人狼が顔を上げ、しきりと外を気にかけた。

「どうかしたの？」

人狼は玄関に近づくと、扉のノブに手を置いた。

「外に出たいの?」

問いかけたのと同時に人狼はみずから扉を開けると、突然小径に添って走りだす。その先は、ラ・ヴェールの森から流れる川がある。

あっという間の出来事に反応が遅れてしまう。

もしかしたら人狼は森に帰るつもりなのかもしれない。

「神父様! テッサ!」

グレースがふたりを呼んだとき、人狼が逃げたのと逆の方角から男たちが現れた。

そのなかに見知った顔を見つけ、グレースは目を瞠る。

「モレル院長……」

先を歩くのはモレルと貴族らしき青年。

その後に棒や縄《なわ》を持ったいかつい男がふたり付き従っていた。

「どうしました!」

神父とテッサが駆けつけると、予期せぬ訪問者に神父が眉を顰《ひそ》める。

「人狼を返していただけますか?」

金髪に碧い目の青年は、穏やかながらも強い口調で言った。

「あなたは？」

グレースが問うと、青年は不遜《ふそん》な態度で腰に手を当て胸を張る。

「俺はフェルナン。ルイーズの息子だ」

どうやらモレルと交わした裏取引は、依頼主のルイーズに知られてしまったらしい。

「悪いけど人狼は返してもらうよ」

フェルナンが指を鳴らすと、背後のふたりが進み出た。

「だけど約束が……」

モレルを見ると、彼は気まずげにグレースから目を逸らす。

「こうなっては約束もなにもないでしょう。私はお嬢様の熱意に打たれ、一度は協力したのですからこれで勘弁いただきたい」

ルイーズへの背信を少しでも軽く見せたいのだろう。

そのためにモレルはみずからここにフェルナンたちを案内したのだ。

「お願いです、フェルナン。あと三日だけ待ってもらえませんか？」

決定権がモレルからフェルナンに移ったのだと悟り、グレースは改めて懇願《こんがん》した。

「どうしてそこまで人狼にこだわる？　そいつはただの野生児なんだろう？」

同意を求めるようにフェルナンがモレルを見る。

「ええ、その通りです」

フェルナンはしばらく考え込んでから、男たちに命じた。

「とにかく人狼を捕まえろ。あとは施療院に戻ってからだ」

人狼が逃げたことを知らない男たちは、無理やり家のなかに入ろうとする。

「お待ちください」

玄関先で神父と男たちが揉めている隙に、グレースはテッサにそっと耳打ちした。

「人狼は家にいないわ。さっき彼らに気づいて川に逃げたの。わたしがあとを追うから、あなたは彼らの気を引いてちょうだい」

テッサは頷くと、その場から離れて裏庭を指さす。

「神父様、人狼は納屋です！　早く行って助けてください」

その言葉で男たちがいっせいに動く。

それと同時にグレースは川に続く小径へ駆け込んだ。

いち早く危険を察知した人狼は川の浅瀬に立っていた。

「アラン！」

グレースが呼ぶと、人狼が振り返る。

浅瀬には大きな木の枝が張り出して、男の顔を木漏れ日がまだらに染めた。

もう彼が何者だろうと関係ない。

施療院に戻すくらいなら、もといた森に逃がしてやりたい。

「元気でね」

グレースが小さく手を振ると、人狼は背中を向けて向こう岸へ渡ろうとする。

対岸に渡って上流へ遡《さかのぼ》れば、ラ・ヴェールの森はすぐそこだ。

そこまで逃げきればモレルたちも簡単には追えないだろう。

けれど、肩まで水に浸かったあたりで人狼が立ち止まってしまう。

「早く行って！　追っ手が来るまでに泳いで渡るのよ！」

グレースが急かすと、人狼は一瞬振り向いてから水中へ姿を消した。

これでもう安心だ。

ほっとした途端、グレースの瞳から涙が溢れる。

人狼に出会ってから、毎日が充実していた。

それは期待と落胆の日々だったけれど、朝目覚めてやるべきことがあり、会いたいと思える人がいることは素晴らしい。

惰性で生きてきたグレースにとって、人狼は生きる目的を与えてくれた。

単調だった生活に彩りが加わり、誰かのために役立てることが喜びをもたらした。

言葉はない。けれど人狼は仕草や態度でグレースに好意や信頼を示してくれる。

アランたちがいなくなってから、グレースはつねに人から気遣われていた。

夢遊病を発症したせいで、みなが腫《は》れ物に触るように扱ってくる。

ずかずかと相手の領域に踏み込んで傷つけていく人もいるが、あまりによそよそしくされると相手との距離を感じ、よけいに孤独を感じてしまう。

人との距離感は難しい。お互いに好む距離も違うから誤解や衝突が生じてしまう。

けれど人狼はそんなものを軽々と飛び越え、気がつけばグレースの心に寄り添ってくれた。

飾らず、ごまかさず、ただ相手を思いやるままに。態度や行動だけで示されるほうが、ときに雄弁なのかもしれない。

バシャッと水音がしてグレースが我に返ると、いつのまにかずぶ濡れの人狼が目の前に立っていた。

「なにをしてるの？　戻ってはだめよ。ここにいたら捕まってしまうわ！」

それなのに人狼はグレースのそばから離れようとしない。

グレースの悲しみを感じるのか、人狼はまた一歩近づいた。

「お願い……あなたを施療院に戻したくないの……」

ぽろり、また涙が溢れる。

「お別れするのは寂しいけど、彼らに捕まれば一生檻のなかよ」

けれど人狼は歩みを止めず、グレースの腰に腕をまわして、涙ぐむグレースを慰めるようにその舌でそっと涙をすくいあげた。

「アラン……」

男は次々に溢れる涙をせき止めようと唇を添え、舌で乾かそうとする。

彼の舌はグレースが流す涙とおなじくらい熱くてやさしい。

「森でアランとクリスを見かけたら、わたしが待っていると伝えてちょうだい」

十年経っても見つからないなら、アランも弟とおなじ末期《まつご》をたどったのだろう。

二度と彼らに会えないなら、せめて魂《こころ》だけでもわたしのもとに帰ってきて欲しい。

「ア、ラン？　……クリス……？」

そのとき、グレースの言葉に反応するように、人狼が苦悶の表情を浮かべて頭を抱えた。

「いまアランと言ったの？」

呟きを拾ったとき、小径から男たちが現れる。

「いたぞ！　あそこだ！」

「早く捕まえろ！」

グレースはとっさに人狼の手を掴むと、いっしょになって川を渡り始めた。

背後に男たちの足音が迫る。

「早く逃げて！」

グレースが人狼の体を前へ押し出そうとしたとき、ふいに足もとが崩れて深みにはまってしまう。

「あ……っ」

緩やかに見えた川の流れも、胸まで浸かってしまえばその勢いは速い。

グレースは水流に飲まれ、あっという間に下流へと流されていく。

あまりに突然のことにグレースは混乱をきたし、思いきり水を飲んだ。

焦って呼吸をしようとすれば、鼻に水を吸い込んで鼻腔に鋭い痛みが走る。

「う……っ……」

水を含んだドレスが重石《おもし》になって、グレースの体を水中へ引きずり込む。

もうだめだと諦めかけたとき、「グレース！」と叫ぶ声を聞いた。

けれど、水面で人狼が手を伸ばす姿を最後に、グレースの体はゆっくりと川底に沈んでいく。

これでアランやクリストフのもとに逝《い》ける。

グレースは抗うことなくみずから意識を手放した。

＊＊＊

「死なないで……」

誰かのすすり泣く声がする。

その声があまりにせつなくて、グレースまで泣きそうになってしまう。

目蓋を開くと、岩場に横たわるじぶんのそばで人狼が顔を覆って座り込んでいた。

意識を手放す寸前、誰かがグレースの腕を摑んでくれた。きっと彼が救ってくれたのだろう。

「ぼくを……ひとりにしないで……」

悲痛な訴えは、見ているこちらが苦しくなる。

グレースはまだうまく力の入らない手を伸ばすと、青年の頬にそっと触れた。

弟の棺と違い、彼からやわらかな感触と仄かな熱が伝わってくる。

「大丈夫、もうひとりぼっちじゃないわ」

掠《かす》れた声で囁くと、青年が閉じた目蓋を見開いた。

「グレース？」

「ええ、そうよ」

涙で潤《うる》んだ眼差しが、陽の色をまとってグレースに注がれる。

見慣れたはずの人狼の顔が、急に大人びたように感じた。

「アラン、あなたやっぱり話せたのね……」

「ぼくは……アラン……」

男の瞳が寂しげに翳《かげ》り、自信なさそうに目が泳ぐ。

「森で起きたことを覚えてる？」

「ちょっとだけ。でもよくわからない」

神父の見立ては正しかった。

アランはなんらかの原因で、声と記憶を失っていたのだ。

「クリスはどうなったの？」

彼に会ったらずっと聞こうと思っていた。

双子の片割れのその最期。

それを知れば気持ちの整理も、何度も繰り返す悪夢からも解放される気がした。

「クリス……クリストフは……」

アランは激しく頭を振ると、わなわなと体を震わせる。

「わからない……思い出せない……」

振り絞るような声が記憶の断片を語りだす。

「だけど約束したのは覚えてる……ふたりでグレースのところに帰ろうって……必ず連れて帰るって……」

そしてひとりは生き残り、ひとりは森で眠っている。

「ごめ……ごめんなさい……」

男の声が涙で滲む。

「ぼくだけ……ごめん……ごめんなさい……」

涙を流すアランに、グレースはじぶんの無神経さに苛立ちを感じた。

長年の疑問を知りたいと焦るあまり、失語症に陥るほど傷ついている心に追い打ちをかけてしまった。

いくら溺れて、まともな判断力が落ちていたからといって、思ったことをそのまま口にすべきではなかった。

アランは十年ものあいだ声と記憶を封じることで、喪失の悲しみと孤独の恐怖に独りで耐えてきたのだ。

そんな彼に弟の最期を訊ねるということは、あの日彼らを見送ったじぶんを責めるのと変わらない。

きっとアランもグレースとおなじように、ひとり生き残った事実に苦しんでいるのだろう。

「ごめんなさい……」

グレースは震えるアランの背中に腕をまわすと、最初にかけるべきだった言葉を口にする。

「お帰りなさい、アラン。生きていてくれてありがとう」

――必ずぼくを迎えに来てね。

弟と交わした約束は果たすことはできなかったけれど、アランが生還したことで、わずかながら心の重荷が軽くなる。

「大丈夫。もうひとりじゃないわ。わたしがそばにいるから……」

捜索の声を遠くに聞きながら、グレースとアランは互いを支えるようにいつまでも抱き合っていた。

＊＊＊

アラン発見の報せはその日のうちに公爵家へもたらされた。

幸運にもラトゥール公爵が城に戻ったところで、ずぶ濡れのグレースは亡き公爵夫人のドレスを借り、アランも公爵のシャツとズボンを借りて親子の対面に臨んだ。

公爵は息子を抱き寄せむせび泣いたが、アランは所在なげに立ち尽くしていた。

記憶のなかの彼の父親は若くて情熱溢れる美丈夫だが、いまの公爵は長年の心痛から偏屈な老人のようになっている。

体は成長していても、アランの心は七歳当時のままだった。

「会話はじゅうぶんできますが、記憶のほうはまだ混乱が続いているようです」

神父がじぶんの見立てを公爵に説明する。

川の事故でアランは正気を取り戻したかに見えたが、惨劇による後遺症は重く、ところどころ記憶に欠落が見られた。

とくに人狼と呼ばれた頃や、惨劇前後の記憶を思い出そうとすると、可哀想なほど顔色が変わり、全身の震えが止まらなくなってしまう。

「どうせ偽物に決まっているわ。だっておかしいじゃありませんか。都合よくじぶんの過去を覚えていないなんて」

ここまで騒ぎが大きくなると、さすがに人狼の件をもみ消すわけにもいかなかったらしい。城に居座っていたルイーズとフェルナンも親子の対面に立ち合っていた。

「ですがルイーズ様。私は過去に同様の症状を訴える兵士を診たことがあります」

神父が説明しても、ルイーズは納得していないようだ。

「それで息子の記憶は戻るのか？」

公爵が眉間のしわを深くする。

「わかりません。戻ったとしても断片的か、一生このままということもあります」

「そうか……」

ラトゥール公爵は重々しいため息を吐く。

「ならば無理に思い出す必要はない。森での忌まわしい記憶や人狼と呼ばれた過去など、公爵家には不要なものだ。おぞましい記憶などこのまま消えてなくなればいい」

その意見にグレースも賛成だった。

アランには辛い過去など思い出さず、これからの幸せな未来だけを見据えて欲しい。

「仮にこの男がアランだとしても、七歳で頭の成長が止まった人間に公爵家の跡継ぎが務まるかどうか、はなはだ疑問ですわ。とても次期当主に相応しいとは思えません」

どうあってもじぶんの息子に公爵家を継がせたいのだろう。

公爵もルイーズの意図に気づいているようだが、さすがに痛いところを突かれて黙り込んでしまう。

領主の務めは先祖代々受け継がれた土地や財産、そして領民たちの暮らしを守ることにある。

たとえアランが正統な跡継ぎでも、彼の能力に問題があると見なされたら資質を問われることになるだろう。公爵家のような名家であればなおさらだ。

だからといって最初からアランのことを野生児扱いしていたような人たちに、アランの持つ権利を無条件に譲るというのはあまりにも理不尽だ。

他家の問題に口出しするのは憚《はばか》られるが、このまま黙って見過ごすわけにもいかなかった。

「アランの教育係として、神父様を置いてはどうでしょう？　神父様ならアランの心と体の両面を支えることができますし、後継者に相応しいかどうか見極められるのではないでしょうか？」

「うむ、たしかにピエールなら適任だろう。さっそくピエールにアランの再教育を託し、その結果を踏まえ、私の後継者を指名するとしよう。それまでこの件は保留だ」

ラトゥール公爵がそう言って話を切り上げようとすると、慌ててルイーズが引き止めた。

「待って、まだ話は終わっていないわ！」

「私と話がしたいのか？」

公爵が不機嫌を絵に描いたような顔で聞き返す。

「もちろんですわ」

「ならば手紙について話をしようか。私に宛てたグレースの手紙は、いったいどこへ消えたと思う？」

ルイーズは顔色を変えると、一歩下がって愛想笑いを浮かべた。

「城塞の視察から戻ってすぐの対面でさぞお疲れでしょう。少しお休みになったら？」

「話はいいのか？」

「ええ、また今度にするわ」

「それまでに手紙が出てくることを祈るよ」

どうやらグレースの手紙は、公爵に届く前にルイーズが持ち去ったらしい。おそらく中身を読んで、よけい人狼に興味を持ったのかもしれない。

部屋で休むために公爵が書斎から引き上げると、高慢な熟女があからさまにグレースを睨みつけた。

「よくも出しゃばった真似をしてくれたわね。私《わたくし》の侍女と偽って人狼を連れ出した上に、今度は手柄まで独り占めしたいの？　大人しそうな顔をしてずいぶん計算高い娘だこと」

「誤解です。わたしはただ劣悪な環境からアランを救い出したくて」

「救うですって？」

ルイーズの片眉がつり上がる。

「そうやって私を貶めるつもり？　私は公爵のために人狼を施療院に預けたのよ。これまで何度公爵が詐欺まがいの連中に期待させられて信用を裏切られたと思っているの？」

「それは……」

「それとも私がわざと人狼を閉じ込めていたとでも言いたいの？」

「……っ」

矢継ぎ早に責め立てられ、グレースは言葉を失くしてしまう。

ルイーズの主張はもっともらしく聞こえるが、彼女の行動やモレルに出した指示を考えると疑念が残る。

あのとき行動を起こさなければ、アランは誰にも知られず施療院に閉じ込められていたかもしれない。

じぶんのしたことに後悔はないが、ルイーズに無断で連れ出したことに変わりはなく、そのせいでルイーズのように強気で反論することができない。

ルイーズの怒りは収まらず、その矛先はとうとう神父にまで向けられた。

「神父がついていながら、なぜ娘の暴挙を止められなかったの？　……ああ、そういうこと」

ルイーズはひとり納得したように唇を歪めると、唾棄《だき》するように言い放つ。

「これを機に、貴方も公爵家に出入りしたかったのね。聖職者のくせにとんだ策士だこと」

神父は口を開きかけたが、黙って誹《そし》りを受けることにしたようだ。

この場でなにを言ってもルイーズは聞く耳を持たないだろう。

「やめてください、伯母上」

見かねたようにアランがグレースの前に出る。

「グレースたちに助けてもらわなかったら、ぼくは一生喋れず、ここにもいなかった。それに伯母上は父のためにぼくを施療院に預けたのでしょう？　だったらなぜ父のように、ぼくが帰ったことを喜んでくれないのですか？　ぼくが戻ってうれしくないの？」

「な……っ」

純粋な疑問をぶつけられ、ルイーズがたじろぐ。

だが次の瞬間、彼女は激昂した。

「伯母上なんて気安く呼ばないでちょうだい！　私はまだ貴方のことを認めていないのよ！　どうせお金目当てでこの城に入り込んだに決まっているわ。それなら私が払ってあげるから、正体がばれないうちに仲間のところへ戻るがいいわ！」

罵倒《ばとう》されたアランの瞳に悲しみの影が宿る。

「もういいの、アラン」

グレースはじぶんたちを庇ってくれたアランの腕にそっと手を添えると、小さなため息を吐く。

これ以上、ルイーズと話しても無駄だ。彼女は最初からこちら側に歩み寄る気などない。このまま会話を続けても、傷つくのはアランのほうだ。

「行くわよ、フェルナン」

沈黙を守り通した息子を促《うなが》し、ルイーズが肩を怒らせながら部屋を出ていく。

「そろそろグレース様は伯爵家に戻られたほうがいいでしょう」

重い空気が漂うなか、神父が静かに促した。

「でも……」

こんな状態でアランを残していくのは心配だ。

けれどアランは気丈にも微笑んで、

「ぼくは大丈夫だよ。それよりグレースが風邪を引かないか心配だ」

かえってグレースのことを案じてくれる。

幼馴染みのやさしさに胸がじんわり熱くなる。

悲惨な目に遭っても、彼の本質は変わらない。アランはいつだってグレースを守ると言ってくれた。

「神父様、どうかアランを助けてやってください」

グレースが懇願すると、神父は目もとを緩めわずかに頷く。

「ご期待に添うよう尽力いたします」

「じゃあね、アラン。明日また会いにくるわ」

グレースは後ろ髪を引かれる思いで公爵家をあとにした。

伯爵家に戻ってからグレースがしたことは、着ているドレスが変わった理由と、アランが見つかった経緯について両親に説明することだった。

アランのことを知った両親は、我がことのように喜んだ。

グレースがこれまで偽って外出していたことを謝罪すると、娘の大胆な行動に驚きはしたが叱るようなことはなかった。

「きっとクリストフが彼を連れ帰ったんだろう」

父が涙まじりに呟いて、その日は遅くまでクリストフの想い出をそれぞれに語った。

こうして家族集まってクリストフについて話すのは、彼が死んでから初めてのことだ。

「あなたたちが五歳のとき、うちで舞踏会を開いたことがあったの」

母が懐かしそうに話し出す。

「あの晩は月がとても明るくて、招待客の子供たちも庭に出て遊んでいたわ。それからしばらくしてアランが泣きながらこう聞いてきたの」

――ぼくはグレースと結婚できるんだよね？　大人になってもグレースといっしょにいられるんだよね？

「どうしてアランはそんなことを聞いてきたの？」

グレースが訊ねると、母は苦笑いを浮かべた。

「招待客の子供のなかに十二歳の少年がいたの。どうやらその子がグレースにちょっかいを出して、助けようとしたアランとクリストフを馬鹿にしたそうなの。じぶんは年上だからなにをしてもいい。グレースとすぐに結婚できる。だからチビと弟は引っ込んでいろって言われたらしくて」

そういえば年上の男の子に、暗がりに連れて行かれたことがある。

いま思えば悪戯されかけていたのだが、当時のグレースは妙だと思いながらもそのことに気づいていなかった。いつもアランやクリストフと遊んでいたから、男の子がいやらしいことをしてくるとは思わなかったのだ。

幸いアランたちがすぐに気がついて逃がしてくれたけれど、そのあとのことはよく知らなかった。

「それを聞いて私たちは反省したの。グレースが無防備なのは、私たちがいつまでも子供扱いしているせいだと思ったわ。三人が仲良しなのはいいことだけれど、そろそろ男女の違いを教えるべきだと思って、それで紹介された乳母を雇うことにしたのよ」

そういえば新しい乳母がやってきたのは舞踏会のすぐあとだ。

グレースに男の子と遊ぶなと口やかましく言ってきたのは、そうした経緯があったからだといまさらながら気づく。

けれどクリストフはその乳母をひどく嫌っていた。

彼女がくるまでは丈夫だったクリストフの元気がなくなり、具合が悪いとベッドに入ったままでいるのでグレースが食事を運んで食べさせたこともある。

乳母は仮病だと言い張っていたが、グレースが知る限り、弟はいつも暗い顔をして仮病のようには見えなかった。

それぞれの口から語られる弟の話は、グレースが初めて聞くものも多く、弟の意外な一面を知ることになった。

その晩は神経が昂ぶっていたにもかかわらず、川で溺れたせいか、グレースは不思議とすぐに寝入ってしまった。

＊＊＊

気がつくと、グレースは伯爵家の庭園に立っていた。

そこは剪定《せんてい》された並木道の続く場所で、ちょっとした迷路のような作りになっている。

じぶんは夢を見ているのだろう。

グレースが夜着のまま空を見上げると、新月の周りを星たちが飾っていた。たしか新月の夜に願い事をすると、夢が叶うと聞いたことがある。

それを教えてくれたのは、弟だった。それもグレースが悪戯されかけた晩に。

眠る前、両親から話を聞かされたせいか、グレースはいままで忘れていた記憶を思い出した。おなじ場所に立っているのもそのせいだろう。

十二歳の少年の毒牙から逃れたあと、グレースは礼を言おうとふたりを探した。けれど名前を呼んで返事をしてくれたのは、弟のクリストフだけだった。

「グレース！」

木陰にいたクリストフに呼ばれて駆けつけると、彼はなぜだか悲しい目をしてグレースのことを見上げてくる。

「おとうとはおなじことしちゃいけない。どんなにすきでもけっこんできないって、あいつがいうんだ」

「あいつって、アランのこと？」

グレースが質問すると、クリストフは首を横に振りながらぎゅっと抱きついてきた。

「ねえ、ぼくにさわられたらきもちわるい？」

「ううん。わたし、クリスにさわられるのだいすきよ」

けれどクリストフは複雑な顔をして、グレースに窺うように聞いてくる。

「じゃあ、ほかのやつにもさわらせる？　アランやあいつにも」

「うーん……おねがいされたら、ちょっとだけさわらせるかも」

「だめだよ！　ぼくいがいにさわらせないで！」

クリストフは突然怒りだすと小さな唇を尖らせた。

「わかったわ、だれにもさわらせないから」

グレースがそう言うと、クリストフはようやく機嫌を直して、明るい大きな月を指差しながら教えてくれたのだ。

「おつきさまにおねがいすると、ゆめがかなうんだ。だからぼくはいつもおねがいしてるんだ。グレースがぼくだけのものになりますようにって」

懐かしさに浸っていると、

「グレース」

ふいに男の声がして、グレースは生け垣の先を見つめた。

そこは迷路の曲がり角になっていて、誰かが闇に佇んでいるのが見える。

「誰なの？」

「ぼくだよ、クリストフだよ。グレースに会いにきたんだ」

返事を聞いて、グレースは悪夢を見ているのだと悟った。

でなければ死んだはずの弟が庭に現れるわけがない。

いつもと違うのはグレースが幼い姿をしておらず、彼との出会いの場所が森ではないということだ。

「ずっと君に会いたかった」

物陰に身を潜めたままクリストフが小声で囁き続ける。

きっと両親と弟の話をしたことが夢にも影響を及ぼしているのだろう。

けれど弟に会えたと喜ぶのは早い。

夢遊病が絡むときは、いつも悪夢を見ると決まっているからだ。

「会いにきてくれたのに、どうしてそんなところに隠れているの？」

グレースが問うと、動揺するように影が揺れた。

「わたしも会いたかったわ。だから顔をちゃんと見せて」

夢のなかの弟はいつも異形の姿をしていた。

じぶんの罪悪感が彼の姿をそんなふうに歪めてしまうのだろう。

けれどじぶんの姿が成長しているように、彼も大人になっている可能性がある。

「驚かないでね」

月明かりの下にクリストフが現れる。

「そんな……っ……どうして？」

グレースは戸惑いを隠せない。

目の前の弟は異形どころか美しい姿をしていた。しかもじぶんの知る人物とおなじ姿形をしている。

「グレース」

クリストフは固まる姉に近づくと、その体を胸に抱き寄せた。

「ああ、本物のグレースだ」

ほうっと息を吐いて、クリストフが安堵したように呟く。

「昔はおんなじだったのに、グレースは小っちゃくなったね」

耳もとでかすかに響く笑い声も、肌に伝わる温もりも妙に生々しい。

これが夢だとわかっていても、グレースは泣かずにはいられない。

「どうして泣いてるの？　お願いだから泣かないで」

やさしい言葉にグレースの涙腺《るいせん》は決壊してしまう。

嗚咽《おえつ》を漏らしながら、ずっと胸に抱えていた痛みを弟に吐き出した。

「だってわたしのせいであなたは死んだのよ……あの日、わたしがクリスにキスをしたから、だからあなたは事件に巻き込まれて……」

「違うよ、グレース。あれは君のせいじゃない」

「でも……」

「それにキスはぼくが頼んだことだよ。乳母に叱られてから、グレースがキスしてくれなくなってずっと寂しく思ってたんだ。だからあのときわがまま言ってキスしてもらったんだ」

「本当に？」

訊ねると月明かりに照らされた美しい顔がかすかに微笑む。

「目を瞑って」

言われるまま目蓋を閉じると、唇にほんのり湿る熱を感じた。

「戻ってきたんだから、これからはいっぱいキスしよう」

夢のなかのクリストフは積極的で、グレースに何度もキスを繰り返し、それとおなじくらいキスを求めてくる。

気がつくとグレースは、ひとりで中庭のベンチに腰かけ朝を迎えていた。

夢遊病を発症して悪夢を見なかったのは、初めてのことだった。

＊＊＊

翌日、公爵の城を訪ねると神父とアランは別荘に移ったあとだった。
ルイーズたちが公爵の城に留まっているため、妨害を避けてのことらしい。
グレースはそれからしばらくアランと会うことはなかった。
再会したのは一年後。
公爵家で行われたアランのお披露目をかねた舞踏会でのことだった。

## 第3幕　嵐の晩

かつての活気を取り戻したように、公爵の城は招待客で溢れ返っていた。

社交界ではアランの噂や憶測が飛びかい、叙爵もしていない一青年の、表向き誕生祝いという舞踏会には予想以上に人が集まっている。

神父は正式な招待客の同行者ということで潜り込んでいるらしい。

もちろんグレースは、両親とともに正式に招待状を受け取っていた。

公爵の城を訪れると、両親はすぐに知人たちに摑まってしまう。

グレースは両親から離れると神父を探すことにした。

この一年、神父やアランと直接会ってはいないが、まめに手紙のやりとりをしていたので彼らの近況には誰よりも明るい。

今夜は神父も参加することになっている。彼の口からアランの様子を聞くのも楽しみだ。

もちろんそれ以上に、アランとふたりきりで積もる話をしてみたい。

グレースはじっとしていられずに、人々で混み合うホールを見てまわることにした。

「こんなに人が集まるなんて、まるで王族の舞踏会並みね」

「みんな関心があるのだろう。なにせ今夜の主役は元人狼だ。お忍びでサーカスに出かけなくてもただ見ができるからな」

「でも、いきなり裸で出てきたらどうするの？」

「発情しているようなら、すぐにどこかの女に襲いかかるかもな。なんなら君が相手をしてやればいい」

「馬鹿言わないで。第一、女といっても人間の女？　それとも雌犬？　どちらも該当する未亡人なら、私に心当たりがあるから紹介してあげてもいいわ」

「あはは、辛辣《しんらつ》だな。とはいえこんな見ものは滅多にないぞ。偽物という噂も出ているらしい」

「だったら私たちで化けの皮を剝いでやりましょう」

会場内を移動するだけで、下世話な会話が耳に入ってくる。

どうやら神父が懸念していた事態に発展しているらしい。

神父がアランを連れて別荘に移ったのも、彼の身を守るためだった。社交界にアランのことが知られれば、当然関心を持たれることになる。そうなると好意的な反応ばかり返ってくるとは言えない。

そのため噂の発信源となるルイーズから少しでも離れ、神父が再教育を施すあいだ、ふたりは別邸に引きこもって世間から姿を隠した。

しかし早期の公表を望む親族、とくにルイーズの強い要望があり、最初はそれを聞き流していた公爵も、次第に高まる社交界の好奇心には逆らえなくなった。

「まあ見て。王弟殿下だわ」

独身主義と噂される王弟殿下の周囲には、ルイーズを中心とした華やかな取り巻きたちが集まっていた。

アランのお披露目が早まったのは、国王の密命を受けた王弟殿下の働きかけがあるとも噂されていた。

通常、爵位を持たない人間と国王が謁見《えっけん》することはない。

そこで噂に関心を寄せていた国王は、王弟殿下にアランの様子を探らせることにしたのだ。

つまりこの舞踏会で王弟殿下のお眼鏡に適えば、アランは叙爵を許されるだけでなく、公爵家の跡継ぎとして正式に認められることになる。

「アランは私の甥ですから、もちろん可愛いに決まってますわ。ですが唸り声をあげて、四つ脚でうろつく姿には正直ぞっとしました。さすがに今夜はいくらかましになっていると思いますが、頭の中身は七歳児程度なので王弟殿下や皆様もあまり期待されないほうがよろしいと思います」

アランのことを気遣うふりで、ルイーズは彼の評判を落とすことに余念がない。

会場内の噂の半分は、ルイーズが出所なのではないかと疑ってしまう。

この城に着くまではアランに会うことだけを楽しみにしていたが、舞踏会の裏でいろいろな思惑が働いているのがわかると、段々と不安に思えてきた。

周囲の期待が高ければ、それだけ人の目も厳しくなる。

ルイーズの話を真に受けたモレルのような者だと、最初からアランに対して固定観念を持ってしまうだろう。

ホールを二周ほどして、グレースはようやく壁際にひっそりと佇む神父を見つけた。

「ご無沙汰しております、神父様。少しお痩せになりましたか？」

「グレース様は顔色が良くなりましたね。今年はまだ一度も夢遊病の症状が出ていないと聞きましたが」

「はい、おかげさまで。じぶんの誕生日が近づいても、不思議と症状が治まって、じぶんでも驚いているところです」

「それは良かった。それにしてもグレース様は以前にもまして美しくなられましたね。伯爵夫人の若い頃にそっくりですよ」

「ありがとうございます」

ひとしきり会話を交わしたあと、グレースはさっき見聞きした噂話について訊ねた。

「アランの手紙には再教育が順調に進んでいると書いてあったのですが、本当に問題はないのでしょうか？」

「それはいまにわかりますよ」

神父の視線がグレースの頭上を越えると、流れていた音楽が一瞬止《や》み、新たな音楽を奏で始めた。

「アルフォンス・ラトゥール公爵とそのご子息アラン様」

執事の声のあと、公爵に続いて正装のアランが大階段を降りてくる。

その姿を見るなり、会場中で息を呑む音が聞こえた。

黒を基調としたフロックコートとジレには、控え目な刺繍と金の装飾ボタンが施されている。首にはクラヴァット、袖口は繊細なレースで飾られていた。

体に沿った正装は、均整の取れた体躯を引き立てて、見る者を釘付けにする。

憂いを秘めた眼差しはなにかを語りかけてくるようで、物憂げな美青年と視線が絡んだだけで貴婦人や令嬢たちからは黄色いため息が漏れた。

「あれがアラン……」

前から美しいと思ってはいたが、そこに洗練された動きが加わると、ますます優美で佇まいまで堂々としている。

彼が王族と名乗っても、誰も疑いはしないだろう。

今夜の主役は間違いなくアランだ。彼はただ歩いてみせただけで、招待客の心を見事に摑んでしまった。

「本日はお集まりいただきありがとうございます。今夜は父の体調が思わしくないため、予定より短い開催となりますが、どうか最後までお楽しみください」

大階段前の豪華な椅子に公爵を腰かけさせると、その隣にアランが立って挨拶を述べる。

その声はよく通り、耳に心地良い。

アランの悪評が先行していただけに、招待客たちは感心と驚きを持って、森から生還したアランを出迎えた。

そんな好意的な雰囲気にルイーズだけが悔しそうに唇を噛んでいる。

その横でフェルナンは呆然とした様子でライバルのアランを見つめていた。

たったの一年で、まさかここまでやってのけるとは思わなかったのだろう。

グレースでさえ、彼の急激な変化に戸惑いを覚えていた。

彼には幾度も驚かされる。

招待客は一言でも会話を交わそうと、アランと公爵のもとへ次々に押し寄せた。

その先頭に立ち、いつまでもそばに陣取っていたのが王弟殿下だ。

さすがに会話の内容までここには届かないが、ときどき感心するようなどよめきと楽しげな笑い声が起きるあたり、アランはそつなくホスト役を務めているのだろう。

「グレース様は、あちらには行かないのですか？」

アランの様子を眩しげに見つめていると、神父が声をかけてくる。

グレースは苦笑した。

「わたしにはあの人垣を押し分けていく気力や勇気がありません。それに、会おうと思えば、これからはいつだって会えますから」

そうは言いつつも、本音ではいますぐアランのもとに駆けつけて、彼の声を間近に聞いてみたかった。

人狼だった頃は、彼に関わる人間も少なくて、ふたりで過ごす時間も長かった。

その頃のアランは、飾らぬ態度と純真さでグレースに好意を示してくれた。

けれど誰よりも優雅で魅惑的な貴族に変わってしまったいまは、アランの存在をどこか遠くに感じてしまう。

積極的な令嬢たちは奪い合うように彼の腕に手をまわしているし、そこまで大胆になれない令嬢たちも先ほどから熱い眼差しを送っていた。

グレースはそのどちらも真似《まね》る気にはなれない。

アランの急激な変化についていけず、心は戸惑うばかりで、それを表に出さないよう隠すのがやっとだ。

まるで初恋を迎えたばかりの少女のように、グレースは真っ赤になって彼とまともに会話することもままならないだろう。

「これでアラン様の叙爵が決まれば、必然的に後継者として認知されることになるでしょう」

「でも家を継ぐのなら、資産管理だけでなく、社交界での政治的立ち振る舞いも学ばなければならないのではないですか？」

いくら名家の子息でも、社交界に入るとなるとそれなりの政治力が求められることになる。

社交界ではルイーズのように、他者を蹴落としてでもじぶんが前に出たい、上に立ちたいという人間も少なからずいる。

「前にルイーズ様から詐欺《さぎ》師扱いされたとき、アランはひどく傷ついているようでした。彼は無垢な心のまま、大人になったようなものです。そんなアランにいまさら複雑な人間関係を理解して、うまく立ちまわっていくことができるでしょうか？」

「たしかに大人の世界は、単純な白黒だけで解決できるものではありません。それらすべてを理解するには時間もかかってしまうでしょう。以前アラン様は、何度か別荘を逃げ出されたことがあります」

「え……っ」

意外な話を聞かされてグレースは腑《ふ》に落ちない顔をした。

なぜならこれまでもらったアランの手紙には、そんなことなど一言も書かれていなかったからだ。

学ぶことが多くて大変そうではあったが、いつも前向きに再教育を受けているように感じられた。

けれどそれは建前で、本当はあれこれ行き詰まったり思い悩んだりしていたのかもしれない。

「当初アラン様は別荘に移ることに納得がいかなかったようです。なによりグレース様に会えなくなることに、強い不満を持っていたようでした。可哀想に思いましたが、施療院に送られたルイーズ様の意図をいくら説明しても、公爵家に戻りたいとおっしゃるばかりで、しばらくは逃走防止のためにおなじ部屋で寝泊まりしていたくらいです」

「そうだったのですね」

神父も手紙ではそのことを知らせなかったのは、グレースによけいな心配をさせまいとしたのだろう。

「ですがこの先もグレース様といっしょにいるためには、アラン様も爵位を得る必要があると教えてからは、寸暇《すんか》を惜しんで物事を学ぶようになりました。アラン様は、グレース様がいるからこそ必死で頑張ってこられたのです」

「アラン……」

グレースは人垣に埋もれる幼馴染みの姿を目で追った。

最初はたどたどしかった手紙の文面も、次第に語彙《ごい》や表現も増えて、書かれる文字も驚くほどの速さで上達していった。

グレースが代わり映えのしない日常を知らせれば、アランは日々の勉強について事細かに教えてくれる。

お互い最後に記すのは、『早く会いたい』『会うのが楽しみ』といった一文だった。

いまになって思えば、その最後の一言を伝えるために、何枚も取るに足らない出来事を書き送っていたように思う。

「ピエール神父、公爵がお呼びです」

「わかりました。……グレース様、また後日」

老執事が知らせにきて、神父はアランを囲む人垣のなかへと進んでいく。

グレースにはそれがひどく羨ましかった。

いくらグレースがアランの幼馴染みでも、公共の場で特別に呼び出しを受けることはない。

とくに今夜はアランのお披露目が目的だ。より多くの人に顔を覚えてもらうなら、グレースひとりにかかりきりになるわけにもいかない。

頭ではわかっていても、どこか寂しさを感じてしまうのはどうしてだろう。

いまはグレースのことを幼馴染みとして大事に思っていても、これから多くの人に会って、新しい刺激を受けるようになれば、彼の目はすぐに新しい世界へと向けられるだろう。

アランの成長や活躍は、グレースにとっても誇らしい。けれどいつかアランが遠くに行ってしまいそうで寂しくも思っていた。

見ると、アランはどこかの令嬢に話しかけられて、にこやかに応じている。

隣にいるのがいつもグレースとは限らないのだ。

彼の関心がいつか他の女性に向けられたとき、グレースは心から祝福することができるだろうか。

「ずいぶん寂しそうな顔をしてるね」

そのとき、笑顔のフェルナンに声をかけられて、グレースは、はっと物思いから醒める。

グレースがフェルナンの背後を気にしていると、男は肩を竦めながら苦笑いした。

「安心して。母なら気分が悪いと言って、部屋に戻ってしまったよ」

それを聞いてなぜだかホッとしてしまう。

最初に罵倒されたせいか、彼女の姿が視界に入るだけでも無駄に緊張が走ってしまうのだ。

「これで彼が事実上の後継者に決まりだな」

アランのほうを見ながら、フェルナンがぽつりと呟く。

グレースはなんと応じればいいのかわからず黙り込んでしまう。

ルイーズは妨害工作をするほど、フェルナンに公爵家を継がせたがっていた。

その夢が完全に絶たれたとなると、当事者のフェルナンもさぞがっかりしているだろう。

けれどグレースはアラン側の人間だ。

もしも下手な励ましをすれば、彼らを傷つけるか怒らせてしまいそうで、そうなるとかける言葉に詰まってしまう。

「ああ、そんな顔しないで。俺は別に気にしてないから」

フェルナンは振り返ると、笑顔でグレースの肩に手を置いた。

それから周囲を気にするように、彼女の耳もとにそっと顔を近づける。

「ここだけの話。正直言って、俺は公爵家の問題になんの関心も持っていないんだ」

「だけどルイーズ様はあなたが継ぐのを望んでいるのでしょう？」

「そう思っているのは、母と公爵家の一部の人間だけさ。俺は母たちに頼まれて、仕方なく後継者候補になっているだけ。でも本音では、アランが継ぐのが一番良いと思っている」

「本当なの？」

半信半疑で訊ねると、フェルナンが片目を閉じながら笑う。

「あの母に逆らえると思うか？」

軽口をたたいているのだとわかり、グレースは思わず吹き出した。

こうして話してみると、フェルナンはルイーズと違って気さくで話しやすい。

モレルと教会に押しかけてきたときはひどく感じが悪かったが、あのときは勝手にアランを連れ出され腹を立てていたのだろう。

「母は後継者が正式に指名されるまでは、諦めるつもりがないみたいだけど。いい加減俺はうちに戻りたいよ」

そういえばルイーズには伯爵の夫と長男がいるはずなのに、もう一年以上も公爵家に腰を落ち着けている。

さすがに婚家から迎えがきてもおかしくないのに、いまだに滞在しているのはさすがに変ではないだろうか。

そんな疑問を感じとったのか、フェルナンはグレースの肩に手を置いたまま、声を潜めた。

「君は口が堅そうだから、信用して話すけど。じつはうちは両親がうまくいっていないんだ。父に若い愛人がいるものだから、母はその当てつけで家出して、公爵家に居座っているんだよ」

だから初めて会ったときから、ルイーズはなにかと苛々して、グレースにきつく当たってきたのだろうか。

そう思うとなんだかルイーズが可哀想で、彼女を見る目も変わってくる。

「母はプライドが高い人だから、誰に対しても素直になれないんだ。本当に損な性格だよ」

フェルナンは困ったようにルイーズを揶揄したが、そんな母親のわがままに付き合っているのだとしたらフェルナンもだいぶ損な役回りだ。

きっと母親思いのやさしい息子なのだろう。

「ごめんなさい。わたしなんだかあなたのことを誤解していたみたい」

「じゃあ、お詫びの印に俺と友達になってもらえるかな？　母の性格のせいで、公爵家では誰も相手にしてくれないんだ。今度お茶にでも呼んでもらえると助かるよ」

冗談めかして言われ、グレースは笑いながら承諾した。

「わかったわ」

「それじゃあ、休戦の握手だ」

フェルナンと握手していると、グレースの両親が近づいてくる。

グレースがフェルナンを紹介しようとすると、それよりも早く彼が動いて、伯爵に握手を求めた。

「伯爵のお嬢さんはとても可愛らしい方ですね。親しくなれて光栄です。それだけで公爵家にきた甲斐がありました」

「公爵家？　それじゃあ、君は……」

「フェルナンといいます。母のルイーズと公爵家に滞在しています」

「それならお母様といっしょにお茶でもどうかな。近いうちに我が家にも招待しよう」

「ありがとうございます。じつはさっきグレースと約束したばかりなんです」

「そんなに親しかったのか？」

父に問われたグレースが、さっき親しくなったばかりだと説明しようとすると、フェルナンが気を使ったのか笑顔で答えた。

「ええ、そうなんです。とても親しい間柄ですよ。ねえ、グレース」

「え、ええ」

その場で違うとも言えず、グレースは曖昧に笑う。

「楽しんでいるところ申し訳ないが、私達はそろそろ失礼させてもらうよ」

「え、でもまだ公爵やアランと挨拶もしていないでしょう？」

グレースが驚くと、母が胸もとを押さえながら弱々しく微笑む。

「ごめんなさいね、なんだか急に気分が悪くなって……」

人混みに酔ったのか、母の顔色が悪い。

「それはいけませんね。みなさんはいつでも訪ねてこられるんですから、今日のところは早めに引き上げたほうがいいかもしれません。あの様子ではいつ順番がまわってくるかわからない」

フェルナンに言われて見ると、人垣は減るどころか増える一方だ。

「よろしければ、私が伯爵家の馬車を呼んできましょう」

「そうしてもらえると助かるよ。ありがとう、フェルナン」

「だったら私はアランに一言言ってくるわ」

踵《きびす》を返して歩き出すと、すぐにフェルナンが追いかけてきた。

「待って、グレース。伝言なら俺が伝えておくよ」

「でも……」

「母上はだいぶ具合が悪そうだ。君がそばにいたほうが安心できると思うよ」

「そうね、わかったわ。ありがとう。アランによろしく伝えておいてね」

「ああ、もちろん」

あとのことはフェルナンに頼み、グレースは両親のところへ引き返した。


久々の再会が消化不良に終わったせいか、部屋に戻って夜着に着替えてからも、グレースはなかなか寝つけずにいた。

馬車で領地に戻る途中、雨が降りだしてきたが、ベッドに入る頃には風も強まり、外はひどい嵐になっている。

「さすがに舞踏会も終わっている頃ね……」

異様に気持ちが昂ぶるのは、アランの姿がこの目に焼きついているからだろう。

人狼から貴族へと見事に変身を遂げた青年は、グレースの心だけでなく多くの人の心を摑んだに違いない。

本当はふたりきりで会話を交わしたかったが、今夜の様子では彼はあの場から離れることもできなかっただろう。

まして叙爵の鍵となる王弟殿下がお見えとなれば、つきっきりで対応する必要がある。

明日は疲れているだろうから遠慮して、明後日には公爵家を訪ねてアランに会うつもりだ。

そんなことを考えていたせいか、雷が鳴りだしても不思議と恐怖は感じなかった。

アランが戻ってからというもの、ただ漫然とやり過ごしていた毎日に、生きる喜びや張り合いのようなものが生まれている。

アランから手紙が届くと、グレースはそれを持ってクリストフの棺に読んで聞かせていた。

　弟の死を否定していた頃は、彼の姿を追い求めて夢遊病まで発症していたが、アランが現れて弟の死を認められるようになったあたりから、かえってクリストフの存在を近くに感じるようになっていた。

　アランの姿をしたクリストフが城の庭園に現れてから、月に一度か二度、じぶんの部屋で彼の夢を見るようになった。

　禁じられたキスをしたことで、弟を死に追いやったと思い込んでいたグレースを慰めるように、彼は夢のなかで何度もグレースにキスをする。

　弟とキスする後ろめたさはあるものの、おかげで夢遊病は再発もしていないし、悪夢も見ることがなくなった。

　けれど夢の影響で、いままで以上に異性としてアランを意識するようになっている。

　グレースも、誰も、成長したクリストフの姿を知らない。

　だから弟はアランの姿を借りて、グレースの夢のなかに現れるのだろう。

　そして彼はじぶんを責めるグレースを言葉と行為で否定する。

　そうやってキスを繰り返すうちに、グレースはどちらとキスしているのかわからなくなり、ふたりの存在が曖昧になってしまう。

アランに会いたい。

燭台《しょくだい》に置かれた蝋燭の火のように、グレースの心はゆらゆら揺れて、光の波紋を広げていく。

「こんな気持ち初めてだわ」

甘いときめきは、今夜のアランを見ていっそう強くなった気がする。

久々に見たアランは異性を意識するのにじゅうぶんすぎるほどの魅力を備えていて、実際対面したとしてもなにをどう話せばいいのかわからなかっただろう。

じつは神父と話していたとき、アランの視線を感じることがたびたびあった。

けれど顔を上げてたしかめることもできず、グレースは意識してアランを見ないようにしていたくらいだ。

もしも顔を上げて、アランがこちらを見ていなかったら、馬鹿みたいに意識しているのはじぶんだけだと知らされる。

それではいたたまれなくて、悲しくなるだけだ。

外でガタガタと音がする。一瞬だけ、窓の外に人影のようなものを見た気がした。

きっと気のせいだろう。

そう思っていると、近くで砲弾のような雷が落ちた。それと同時に風が吹き込み、部屋の灯りをすべて消した。

あまりの強風でバルコニーの扉が開いてしまったのか。

グレースは驚いて体を起こしたが、窓はすべて閉まっているようで、もう風の流れは感じない。

だがそのときまた雷光が走り、ベッドの足もとに男が立っていることに気づく。

「誰？　誰かそこにいるの？」

恐怖で喉を引きつらせながら、グレースは闇を見据えた。

返事は聞こえないものの、誰かの荒い息遣いを感じる。

次に雷鳴が轟《とどろ》いたとき、すぐ真横にまで男が移動していた。

「キャ……ッ……」

悲鳴をあげかけた唇を男の手のひらで塞《ふさ》がれる。

「グレース、ぼくだ」

ふたたび走った閃光のなか、グレースはずぶ濡れのアランの姿を認めた。

「手を離しても声を出さないと約束できる？」

男に問われ、グレースは首を縦に動かした。

男の手が離れても、グレースは唇を閉じたままでいる。

アランはまだ正装を解いてもいなかった。どうやってここまで来たのか、クラヴァットがわずかに緩んでいる。

前髪から落ちる雨の雫がシーツの上に黒い染みを作り、上気する男の体から匂い立つような色気が漂っていた。

「どうしてあなたがここにいるの？」

グレースが問いかけても、アランは俯いたままなにも喋ろうとしない。

わたしはまた夢でも見ているのかしら。

無言で見つめ合っているあいだも稲妻が走り、雷鳴が轟く。

雷が落ちるたび、ふたりのあいだの空気まで震える気がした。

緩んだクラヴァットの下でかすかに喉が隆起している。頼もしい肩の稜線はやはり夢に見る男とおなじものだ。

見た目や雰囲気は中性的なのに、そのシャツの下には意外と逞しい体が隠されている。

人狼と呼ばれた頃、アランは服を着るのを嫌がっていたため、グレースは半裸に近い状態を何度も目にしたことがある。けれどなぜだか正装して抑制されているときのほうが艶めいているように感じた。

沈黙を守り、なにかの感情を押し殺した彼の色香は凄絶で、グレースはその匂いに当てられたようにぼんやりしてしまう。

「どうしてなにも言わずに帰った？」

男はようやく伏せていた視線を持ち上げた。

切れ長の瞳は暗く翳り、粘度《ねんど》を持った眼差しでグレースをじっと見つめてきた。

「どうしてなにも言わずに帰ったんだ？」

繰り返される静かな問いに彼の怒りを感じる。

「お母様の具合が悪かったの。それに公爵の体調が優れないと聞いたから、今日のところは遠慮したのよ」

「……今夜、僕はグレースに会うのを楽しみにしてた」

「わたしもよ」

「だったらどうして、僕のことを避けようとする」

「避けてなんかいないわ」

「嘘だ」

稲妻を浴びた瞳が金色に瞬く。

それはとても美しく、ぞっとするほど冷ややかだ。

「僕と視線を合わそうともしなかった」

「……っ」

グレースは思わず息を呑んだ。

あのとき感じた視線は、本当にアランのものだったのだ。

じぶんの気のせいではないと知り、グレースはホッとしたのと同時に、目を泳がせてしまう。

とてもじゃないが、アランの眼差しをまともに受ける自信がない。

きっと冷静ではいられなくなる。

グレースは彼の視線から逃れるように、睫毛をわずかに伏せていた。

嬉しいけれど気恥ずかしい。

会いたいと願ってはいたが、こんな思いがけない形で会うと、どんな顔で彼を見返したらいいのかわからない。

グレースは遅れてきた思春期に戸惑うばかりで、ただそわそわと落ち着かない心を持て余すばかりだ。

それを見て、アランはますますグレースが避けていると感じたのだろう。

いきなりグレースの肩を摑むと、じぶんに注意を向けるため、華奢な肩を小さく揺さぶった。

「僕がいないあいだフェルナンとなにがあった？」

「え……？」

思いもかけない質問に、グレースは初めて男の顔をまじまじと見る。

雷光を浴びるアランの顔が怒りに満ちていた。

「いったいなんの話？」

「とぼけても無駄だ。君はフェルナンとキスをしていた」

「キスなんかしていないわ」

いったいなぜそういう話が出てくるのだろう。

グレースには一切身に覚えがない。

「あいつは僕を見て嘲笑った。それから宣戦布告をするように、君の肩に手を置いて君に顔を近づけていた」

「誤解だわ」

ようやく謎が解けた。

アランはフェルナンと話す姿を見て、ふたりがキスをしていると見間違えたのだろう。

たしかに、見ようによっては親密な関係に映ったのかもしれない。

「あのときはただ話をしていただけよ」

「話？　いったいなにを話していたんだ」

「それは……」

　ここだけの話と言われているから、いくら相手がアランでもすべてを打ち明けるわけにはいかない。

「フェルナンは公爵家の問題には興味がないと言っていたわ。後継者候補になったのも、ルイーズ様に言われて仕方なく引き受けたらしいの」

　真相をたしかめてアランの気も済んだかと思えば、彼はますます眉を顰め、グレースに疑いの目を向けてくる。

「僕のいないあいだに、あいつとずいぶん仲良くなったみたいだね」

「いいえ、フェルナンとまともに話したのは今日の舞踏会が初めてよ」

「君の口から他の男の名前なんて聞きたくない」

　グレースの唇を塞ぐように、アランがキスをしてきた。

「ん……待……っ……」

　彼のキスは性急でとても荒々しかった。

　声だけでなく吐息まで奪うように、激しく唇を重ね、舌で侵入を試みてくる。

「あ……っ、ふ……」

時折響く雷鳴よりも、いまはじぶんの鼓動のほうが大きく聞こえる。

光に合わせて色を変える光彩のように、舌もまた形を変えてグレースに迫ってきた。

「ん……」

圧倒的な力で抑え込まれ、男の腕のなかで何度もキスを浴びる。

「君だけは僕のことを待っていると信じていたのに」

「あ……っ……」

雷が閃《ひらめ》くたび、互いの姿が闇に浮かぶ。

「ん……っ……ふ……」

唇の狭間を舌でなぞられ、わずかに開いた隙間に舌を深く差し込まれた。忍び込んだ肉厚な舌は口腔の粘膜を探り、グレースの舌に甘く絡みついてくる。

「ふ、っ……あ……っ……」

夢のなかのアランは、いやアランの姿をした弟のキスはいつもやさしいのに、目の前にいるアランのキスはその反対。灼熱のような熱さでグレースを焦がそうとする。

「君は誰にも渡さない。グレースは僕だけのものだ」

彼の想いが浸透するように、濡れた体がグレースの夜着を湿らせる。

情熱的な口づけは吐息を欲しがり、さらなる反応を引き出そうと、腔内を舐め回した。

「ん、……ふぅ……」

唾液が溢れ、内部からも男に侵食される。

「グレース、僕のグレース」

アランは熱に浮かされたようにグレースの名を呼びながら、奪った吐息ごと舌で丹念に唾液をかき混ぜた。

「あぁ……っ……」

とろとろに煮詰まった液は口端を伝い、首筋にまで流れていく。

最初逃げ惑ってばかりいたグレースの舌も、彼の舌で巧みに愛撫されているうちに、自然と彼の動きに応じるように躾けられていく。

「あいつとはキスしていない？」

「ええ、していないわ」

「唇にも？」

「ええ」

「体のどこにも？」

「アラン！」

しつこく問われグレースは言った。

「子供の頃、あなたとクリスにキスして以来、わたしは誰ともキスしたりしていないわ。もちろん体にだって誰にも触れさせたりしていない」

「本当に？」

アランの瞳が不安げに揺れる。

そして続けざまに放たれた彼の言葉にグレースは耳を疑った。

「だったら見せて。君の体をたしかめさせて」

馬鹿げた申し出だと思うが、簡単には一蹴できないほど、彼の様子はせっぱ詰まっているように見えた。

「いまの僕は無爵位で、伯爵令嬢の君に婚約を申し出ることもできない。だけど必ず国王に叙爵の許しを得て、父の後継者に相応しいと認めてもらうから、そのときは僕の求婚を受け入れて欲しい」

「アラン……っ」

まさかアランがそこまで考えているとは思わなかった。

けれどお披露目に成功したアランは、これから多くの舞踏会や晩餐会に招待されることになるだろう。

いまはグレースのことを想ってくれても、広い世界を知ってしまうと、いつか物足りないと感じるようになるのではないだろうか。

「……申し出は嬉しいけど、社交界には大勢の女性がいるわ。舞踏会のときもたくさんの人が集まっていたでしょう?」

「そんなこと関係ない。僕には君しか見えない」

アランの想いは真剣だった。だからこそ短期間で、あれほどの成長を遂げられたのかもしれない。

グレースだって、家族以上に愛せる人がいるとしたら、彼をおいて他にはいない。

「……わかったわ。見るだけよ」

アランがここまでじぶんの気持ちをさらけだしてくれているのだ。

そんな相手に疑いをもたれたままでいるのは辛い。

恥ずかしいけれど、アランの不安を取り除くには彼の要求に応えるのが一番の解決法だ。

グレースはアランに背中を向けると、ぎこちない動きでドロワースを脱ぎ、夜着の片袖を落としていく。

ぎしり。ベッドが沈み、男の体がのってきたのがわかる。

「そのまま前を見てて」

両腕で胸を庇いながら頷くと、彼は背中まであるグレースの髪をひとまとめにして、片側の肩に寄せた。

ひやりとしたのは一瞬で、男の手が肌をなぞるように少しずつ検分していく。

羞恥と寒さに耐えながら、グレースはアランが満足するのを待った。

「背中は終わった」

グレースがホッとしていると、当然のようにアランが次を要求してくる。

「今度は前が見たい」

「でも……」

羞恥心は背中のとき以上だ。彼に見られているだけでもいたたまれないのに、さっきとおなじように確認されるとしたら、その手に体中を触れさせることになる。

「恥ずかしいなら、目を閉じてかまわないから」

急かすように促され、グレースは言われるまま瞳を閉じるとそろそろと動いた。

たしかに間近でアランの姿を見ないだけ羞恥心もやわらぐ。

それに、ここまで相手にさらけ出せるということは、相手に好意があるからだ。

それを敏感に嗅ぎ取ったのか、男はじぶんの欲望をぶつけることに躊躇しなかった。

アランは白い乳房を両手に包むと、その質量と肌触りを味わうように、執拗に胸の形を変えていく。

「……ぁ……」

「綺麗だ、グレース」

男はそう囁きながらグレースの耳朶《じだ》を甘噛みした。

胸を揉まれ、普段触れられることのない場所を舌で舐められると、ゾクゾクした刺激が腰骨を抜けていく。

「ど、どうして？　たしかめるだけじゃないの？」

「たしかめているよ。こういうことに慣れていないか、反応も見てみないと」

「そん……ぁ、……」

「可愛い声だね……せっかくだからもっと聞かせて……」

子猫がミルクを舐めるような音がどんどん激しくなっていく。

「綺麗だよ、グレース」

ベッドの上で組み敷かれ、そこでグレースはアランがなにも身に着けていないことに気づいた。　硬くなり始めた陰茎がグレースの白い腹を何度か擦っていくからだ。

「ま、待ってアラン、どうしてあなたまで服を脱いでいるの」

目を閉じたまま訊ねると、アランが小さく笑う気配がした。

「ベッドが僕の服で濡れたら困るからね」

「だ、だけど……」

「ねえ、僕のも触って。君を裏切っていないかたしかめて」

手を引かれ男の肉塊を摑まされると、まだ芯を持たない肉棒は熱く息づき、グレースの手のなかで生き物のようにピクッと動いた。

たしかめろと言われても、グレースにはその方法がわからない。

グレースが戸惑っているあいだにも、耳たぶを甘嚙みしていた唇がそのまま首筋へと移動して、両手に包まれていた胸の先端へと下りてくる。

「ひ、っ……ぁ……」

慣れない刺激にグレースは息を詰める。

アランの手が形を変えるたび、淡く色づく先端を唇がやさしく扱いた。

「やぁ……っ、ぁ……ん、あっ……」

敏感になった蕾はいまにも綻《ほころ》びそうなほど硬く尖っている。

掌中の欲望も硬度を増して、片手では余すほどになっていた。

「君の声がもっと聞きたい」

アランはグレースの膝裏に手を置くと、両手で左右に寛《くつろ》げた。

その弾みで男の欲望が手から滑り落ちていく。

「や、そこは……っ……」

目を閉じていても次から次へと羞恥が押し寄せ、全身が火照《ほて》る。

慌てて脚を閉じようにも、潜り込んだ男の頭と肩がそうさせてくれない。

「隠さないで。全部見せて」

アランの囁きが花唇にかかる。

敏感な場所を唇に吸われ、蠢《うごめ》く舌がグレースの秘所を暴いていく。

「だ、だめ……ぇ……」

男の舌は楔《くさび》となって秘孔を穿《うが》ち、蜜の滲んだ柔肉を貪っていく。

「グレースのここは甘いよ。癖になりそうだ」

「……ゃあ……っ……だ、めぇ……」

続けざまに刺激を与えられ、なぜここまでされているのか疑問を持つ余裕さえない。

今夜は彼に濡らされてばかりいる。

夜着ばかりか、グレースの乾いた場所すべてを満たそうとするかのように、媚肉にむしゃぶりつかれ、飴《あめ》玉みたいに敏感な尖りを弄《もてあそ》ばれている。

「あぁ……や、……だめ……も……っ……」

グレースの薄い腹が大きく波打つ。初めて味わう快楽に、さざ波のような甘い痺《しび》れが全身に広がり、大きなうねりとなって返ってくる。

これではきりがない。

「アラン……もぅ……無理……お願……ぃ……」

舌で秘裂を探られ、片手が胸まで弄りだすと、新たな刺激の波が生まれ、グレースは身も世もなく喘ぐしかない。

「ぁ……はぁ……は、ぁ……ぁあ……」

アランは無我夢中で花唇を愛撫していた。

「あっ、あぁ……っ」

舌が内壁の入り口を擦り、指まで差し入れられる。

「あ、あぁ……っ……」

刺激から逃れようと思わず腰を捻ると、そのまま体を裏返され、グレースは四つん這いにさせられた。

「だ、だめよ、アランっ。わたしたちはまだ婚約すらしていないのに……」

いくら性に奔放《ほんぽう》なランサス貴族でも、さすがに初婚のときは貞節が求められる。そうしなければ正統な跡継ぎを得られない。

「わかってる」

アランは背後からグレースの体を抱き締めると、肩口のあたりにそっとキスを落とした。

「結婚前にグレースを傷つけたりしない。だから脚を閉じて、僕に協力して」

わけがわからないまま膝を閉じていると、白い臀部《でんぶ》に男の屹立が擦りつけられる。

「ア、アラン？」

不安になっていると内股と媚肉のわずかな狭間にアランが這入《はい》り込んできた。

「あ、……あっ……」

挿入はされていないものの、肉厚な笠が蜜孔の表面を過ぎると、小さな肉粒を道連れに戻っていく。

「ひ……ぁあ……っ……それ、や……だ、めぇ……ぁ、……あ、あ、あぁ……」

目の眩むような刺激にグレースは仰け反り喘いでしまう。

「グレース、僕だけのグレース……っ」

男の手が腰を摑み、律動が速くなる。

「だめっ……だめ、……あっ、やぁ……ぅ……っ」

あまりの刺激にグレースの思考が奪われていく。

頭に浮かぶのは行為からの解放だ。

「もう、許し……てっ、……あぁ、……そこ……や、っ……ぁん、あ……んっ……」

快楽の高波にただただ翻弄《ほんろう》されて、グレースは泣きじゃくるように背後の男に懇願した。

「お、お願い……もぅ許して……」

男は一瞬動きを止めたが、すぐにかりそめの抽挿を再開する。

「君のためなら何度だって生き返る。だからグレース、もっと僕を感じて。もっと僕を欲しがって」

「あ、あ、あぁ……ぁ……」

宥めるように背後から抱き締められ、そのまま首を巡らされると背中越しに口づけられた。

最初の激しさが嘘のように、その唇はひどくやさしい。

「くっ……」

男は怒張しきった肉棒を引き抜き、グレースの背中に白濁を放つと、またすぐにおなじ行為を再開する。

「ぁ……っ……ぁ、あぁ……ん、あんっ……ぁ……」

淫靡な音とすすり泣くような嬌声《きょうせい》は、雷が遠ざかる朝方まで延々と続いた。

# 第4幕　疑惑

部屋を覗くと、アランは授業の最中だった。

「これがランサス三賢王《さんけんおう》による、我が国の発展の歴史となります」

なるべく邪魔をしないようにグレースが扉を開けてなかの様子を窺うと、聴覚の鋭いアランは彼女の到着にとっくに気づいていたようだった。

気の早い右足が、いつでも席を立てるように椅子の脚から大きくはみ出ているのが見える。

それに気づいたグレースが微笑んでいると、神父が声をかけてきた。

「あと十五分ほどで休憩を取りますから、グレースは先に応接室でお待ちください」

「わかりました」

グレースと神父のやりとりをアランがじっと見守っている。

人前ということもあり、さすがに表情は抑制されているが、瞳の奥には隠しきれない感情が迸るのが見えた。

彼に尻尾があるとすれば、間違いなく千切れんばかりに振られていただろう。

グレースも胸を弾ませながら、扉を閉めて応接室へと急ぐ。

玄関先で土産のマドレーヌを預けておいたので、グレースが応接室に入る頃には三人分のカップとマドレーヌが用意されていた。

公爵と神父はアランの将来を見据え、通常の学問だけでなく、領地管理などの実務についても少しずつ学ばせているらしい。

そのためグレースが訪ねても、日によってはアランの様子を覗くだけで帰ることも多かった。

今日も公爵に来客の予定がなければ、こうしてゆっくりとお茶を飲む時間さえ取れなかっただろう。

少し寂しい気もするが、嵐の晩、会えなかった日々を埋めるように、互いの気持ちを一足飛びに確認してからは、ふたりの夢も明確になった。

国王から叙爵され、後継者問題に片がつけば、アランはグレースに求婚することになっている。

早ければ冬。遅くとも春の国王主催の舞踏会に招かれ、その前の謁見《えっけん》の席でアランは晴れて貴族の仲間入りをすることになる。

それまでグレースとアランは秘密の恋人として、愛を育むことにした。

ひとりで紅茶を飲んでいると、扉の開く音がした。

「アラン、早かったのね」

カップを置きながら振り返ると、そこにいたのはアランではなくフェルナンだった。

彼は笑顔を浮かべながら近づいてくる。

「アランとはお茶をするのに、俺のことは誘ってくれないんだ」

グレースは困惑の笑みを浮かべた。

嵐の晩のきっかけは、アランがフェルナンとの仲を邪推《じゃすい》したからだ。

アランと付き合ってみてわかったが、彼はなにかにつけて嫉妬《しっと》深い。

それが不安の裏返しだと気づいてからは、若い使用人と直接話すようなことも避けているし、神父が相手でも遠慮することだってある。

それなのに、いまフェルナンとふたりきりでいるところを見られたら、アランはなんと思うだろう。

「ごめんなさい、そのうちちゃんとお誘いするわ」

「どうせ口だけだろ」

嫌みを口にする男の目は笑ってなどいない。

しばらく会わないうちに、彼の印象が様変わりしていた。

舞踏会で話したときは貴公子然としていたのに、あのときの爽《さわ》やかな笑みは消えて、いまはどこか昏い目でグレースを見下すように見つめている。

そうしていると彼の母親にそっくりで、グレースの体は妙な緊張を強いられた。

きっとじぶんは露骨な感情を剝き出しにする相手が苦手なのだろう。

アランが来る前に、どうやって彼にここから出ていってもらおうか悩んでいると、フェルナンは勝手にグレースの前に座ってぞんざいに脚を組む。

「俺はじきこの城から追い出されることになる」

フェルナンはグレースの困惑などお構いなしに一方的に話し出した。

「アランが後継者に指名されれば、俺は用済みだからな」

そんなことはないなどと、無責任な慰めは言えない。

一応、後継者問題は保留という形になっているが、どう見てもフェルナンのほうが歩が悪い。

この前のお披露目でアランはその存在感を示したし、いまはグレースとの未来のために率先して様々なことを吸収しようとしている。

公爵家の内外でアランの評判が高まれば高まるほど、フェルナンとルイーズの影が薄れていく。

「君も早く俺たちに出ていってもらいたいんだろ」

「だってあなたには帰る家があるでしょう？」

公爵家に比べれば家格は低くなってしまうが、それでもルイーズが嫁いだ伯爵家もそれなりの名家で通っている。

「帰る家だって？」

フェルナンが鼻で笑い、グレースをにやにやしながら見つめてきた。

「しばらく見ないあいだにずいぶん雰囲気が変わったな。前は覇気がなくて、表情も乏《とぼ》しかったが……」

男の手が伸び、グレースの顎をいきなり持ち上げる。

「あの男と寝たのか？」

「……っ」

不躾な質問に驚いて、グレースが男の手を払って立ち上がると、フェルナンも後を追うように椅子から腰を上げた。

　逃げ道を塞がれ立ち尽くしていると、フェルナンがグレースの腕を摑んだ。

「どうして俺が公爵家の養子候補になったかわかるか？」

「い、いいえ」

　グレースが首を振ると、男は昏い感情をぶつけてくる。

「この前、話した両親の不仲の話。事実は反対だった」

「え？」

「浮気をしたのが母で、そのことが父にばれて家を追い出されそうになっているのが真相らしい。俺の本当の父親は、母親にピアノを教えていた音楽家だそうだ」

「……っ」

　突然の告白にグレースはどう反応していいかわからない。

　彼の口ぶりだと、彼自身その事実を知ったのは最近のことらしい。

「愛人の子に財産分与は認めない。俺が家に戻ろうとしたら、父と兄からそう告げられた。だから俺に帰る場所なんてないのさ」

　だからルイーズはあれほど必死に、フェルナンに公爵家を継がせようとしていたのだ。

「フェルナン、その、なんて言ったらいいのか……」

いまとなってはフェルナンが後継者として公爵家に留まれる可能性は低い。けれど実家に戻っても、彼にはもう居場所がないのだ。

そんな行き場のない状況がフェルナンを自棄《やけ》にさせてしまっている。

「なぐさめの言葉なんて欲しくない。それより、あいつと寝てるなら、俺の相手もしてくれよ」

フェルナンの顔が近づいて、強引にキスを迫られる。

「いやっ」

とっさに顔を背けると、男の唇が頬をかすめた。

「まあいいさ」

男の唇が白いうなじへ張りついた。

「……っ……」

山蛭《やまびる》のように強く吸われ、その感触にぞわりと逆毛が立つ。

「放して！」

グレースが抵抗すると、フェルナンの顔色が変わった。

「人狼より、俺のほうが劣ると言うのか？　半分庶民の血が混じっているからって、お前まで馬鹿にしているんだろ」

「そんなこと思ってないわ」

「だったら試すくらいいいだろ？　すぐに気持ちよくさせてやるから」

「やっ……」

抵抗しようとする腕を、容易《たやす》く男に押さえつけられる。

そのとき、扉の開く音がした。

「グレースから離れろ！」

黒い塊が飛び込んできたと思ったら、目の前からフェルナンが消えた。

激しく突き飛ばされたフェルナンは床に倒れ、痛みに顔を顰《しか》めながらアランを睨みつけている。

「人狼のくせに騎士《ナイト》気取りか？　だとしたら遅かったな。グレースなら存分に味見させてもらったよ」

グレースの首に残された赤い痕を見て、アランの瞳から一切の感情が消えた。

冷めた怒りを滾《たぎ》らせて、アランは無言でフェルナンの上に馬乗りになると、思いきり男を殴りつけた。

「待って、さっきのは嘘よ！　なにか起きる前にアランが助けてくれたのよ！」

そう叫んで、ふたたび振り上げた腕にグレースはとっさにしがみついた。

「彼はわざと挑発しているのよ。本気で相手をしてはだめ！」

でないと騒ぎになって、公爵の耳に入ってしまう。

床に倒れたまま、にやにやと笑うフェルナンの本性に底意地の悪さを感じる。

「お願いアラン、もうじゅうぶんよ」

最初の一発でフェルナンは唇を切っていた。

アランは深いため息を吐いて、男の体から離れる。

「止めてくれたグレースに感謝するんだな。ここから出ていけ、そして二度とグレースに近づくな」

フェルナンは舌打ちすると、悪意にまみれた顔で言い放つ。

「覚えてろよ」

ただの負け惜しみとわかっていても、フェルナンの目つきが気になった。あれはルイーズとおなじ目だ。平気で人を貶めて、それを楽しむ純粋な悪意を持ち合わせている。

「大丈夫か？」

「え、ええ。助けてくれてありがとう」

アランはグレースの細腰に腕をまわすと、彼女の唇を欲しがった。

「待って、アラン。いつ神父様がこられるかわからないわ」

「神父はこない。さっき公爵に呼ばれたから」

アランはやや強引にグレースを抱き寄せると、その唇にじぶんの唇を押し当ててくる。

「んっ……」

重なる唇は次第に大胆になり、何度目かのキスを繰り返したあと、歯列を割って男の舌が口腔深くに潜り込んできた。

「ぁ……っ、ふ……」

嵐の晩以来、裸で抱き合うようなことはなかったが、こうして人目を盗んではふたりでよくキスを交わした。

限られた時間のみ許された逢瀬《おうせ》。それが衝動を強くする。

「早く君をじぶんのものにしたい」

「わたしはいつだってアランのものよ」

「わかってる。だけどフェルナンみたいな男が近づくかと思うと……」

淫らな舌がさらに繋がろうと、グレースの舌に絡みついてくる。

男の舌は彼女の口腔を甘く蕩けさせる。

「君を誰にも渡したくない」

アランは扉の死角にグレースを引きずり込むと、耳殻を攻めながら、ドレスの上から胸に触れた。

「ん……ぁ、……ふっ……」

思わぬところを愛撫され、グレースのため息が鼻に抜ける。

「耳、舐められるのが好きなんだね」

「そんなこと……な、……ん、ふぅ……」

耳殻に淫靡な水音が大きく響く。

「……ん……っ……ぁ……」

舌で激しく嬲られると、まるで溺れている気分になる。

日を追うごとに彼への気持ちが増していく。

「でもまずはこの痕を消しておかないと」

忌々しげに呟いて、フェルナンが残した赤い痕を親指で擦る。

それで痕が消えるはずもなく、アランは上書きするように首筋を痛いくらい吸った。

「君の体に触れていいのは僕だけだ」

「痛、ぅ……」

グレースが戸惑うほどの執着を見せて、アランはじぶんの痕跡を白い肌に刻みつける。

「忘れないで、君は僕だけのものだよ」

「っ、あ……」

いつのまにかドレスの裾をたくし上げられ、ドロワースのなかに男の手が忍んでくる。

こんなところを誰かに見られたらと思うと不安でたまらない。

その一方で、彼に求められる喜びもある。

「ん……っ……」

キスをされながら、秘裂を指で弄られる。

体の内側に甘い疼《うず》きが広がって、触られてもいない胸が疼くのを感じた。

「ねえ、覚えてる？　嵐の晩、僕たちがしたことを」

耳もとの囁きが甘美な夜の記憶を呼び覚ます。

裸の胸に這わされる手と唇。楚々《そそ》とした和毛に顔を埋め、膣肉の狭間を探る舌。

「あ……っ……」

ひと晩かけて快楽を覚え込まされた体は、巧みな指使いですぐに蜜を零し始める。

くちゅくちゅと卑猥な音がドレスの下で響くと、グレースの媚肉は男の指をせがむようにわずかに収縮する。

「ああ、グレース……いますぐ君を抱きたい」

「だ、だめよ、わたしたちにはまだ早いわ」

「だったら君を感じさせて」

アランはグレースの前に跪くと、素早くドレスの下に潜り込んだ。

ドロワースを片足だけ抜かれ、白いふくらはぎを男の片方の肩にかけられる。

「待って、アラン」

キス以上のことをされるのは嵐の晩以来だ。

それでも散々喘がされた体は次になにが起こるかを熟知している。

すぐにアランの舌が淫猥な割れ目にぬめぬめと這いだした。

「やっぱり君のここは甘い」

アランはグレースを舐めるのが好きだ。

指で媚肉を拓き、蜜に濡れた陰核をすぐに探し当ててしまう。

「い……っ……は、あぁ……」

彼の舌技は的確で、執拗に柔肉をこねては、忘れた頃に膨らんだ肉芽を愛撫する。

「だめ……そこは……っ、……んっ……」

敏感な襞を唇で吸われ、破廉恥《はれんち》な音が室内に広がる。

「あ……声が出ちゃ……ぅ……」

我慢できずに必死に口を押さえていると、行き場のない熱がどんどんと蓄積されていき、蜜口から愉悦が駆け上がってきた。

「あぁ、もぅだめ……それ以上されると……ぁあ……」

「僕のことが欲しくなる？」

アランが嬉しげに言って、ますます秘裂に指を潜り込ませる。

「ん……っ……」

まだ処女の身だというのに、グレースは教え込まれた疑似挿入で、媚肉を擦られる甘美な疼きを覚えてしまっていた。

一度強い刺激を味わってしまうと、なまなかなことでは満足できなくなってしまう。指を増やされ激しく抽挿されても、グレースの蜜口はさらなる刺激を求めて物欲しげにひくつき透明の蜜を零していた。

「可愛い……奥を突かれて喜んでる……さっきから僕の指に吸いついて離れようとしないね。同時にここを舐めたらもっと感じてくれるかな」

「や……ぁ……」

そんなことをされては身が持たない。

けれど花唇はアランの言葉に反応して、しっとり湿り気を帯びていく。

「いぃ……ん、……そこ……っ……」

狭い場所を指で暴かれ、肉粒を同時に責められる。内股がわなわなと弛緩《しかん》して、気を抜けば立っていられないほど足腰に甘美な震えが走る。

「好きだよ、グレース。愛してる」

愛しい相手に囁かれると、もうなにもかも投げ出して、彼のものになりたいと願ってしまう。

「グレース、もっと声を出して」

長い指が濡れそぼつ膣肉を貫き、溢れる蜜液を男の舌が何度もすくう。

「あぁ……っ……」

じゅぷじゅぷ、ぬるぬる。抽挿は激しさを増し、胎《はら》の奥がきゅうっと締まる。

「さあ達《い》って。どんなに濡れても、僕が綺麗にしてあげるよ」

「う……、ん……」

彼の指と舌だけでこんなにも感じてしまうのだ。

「早くグレースのなかに入りたい。ここに挿れたらさぞ気持ちいいだろうな」

彼のすべてを受け入れてしまったらどうなってしまうのか、グレースには見当もつかない。

「あぁぁぁ……っ」

絶頂にのぼり詰めた下肢が震え、グレースは声を抑えるだけで精一杯だった。

＊＊＊

密かな逢瀬を終えてすぐに、グレースたちは公爵と神父のいる書斎に呼び出された。

「毎年、うちの領内で火祭りが行われることは知っているな？」

問われたアランは黙って頷いた。

火祭りとは、公爵領で毎年行われる領民主催の祭りだ。

町の広場に大きな案山子《かかし》が設置され、そこに動物や虫、人をかたどった藁人形を投げ込んでいく。そうやって、人々に害をなす獣や病を炎で焼き払い、翌年の豊穣と家族の健康を願う伝統ある祭事だ。

そのため公爵家では、毎年多額の寄付を行っている。領主が点火をし、領民の娘をひとりを選んで、最初のダンスを踊ることにもなっていた。

だがこの数年、公爵は足の怪我を理由にその役目を辞退している。

「さきほど領民の代表が訪れて、今年はぜひとも公爵に出席して欲しいと依頼をしてきたそうです」

公爵の言葉を神父が補足すると、ふたたび公爵が話し出した。

「私の足ではダンスは無理だ。そこで今年は私の代役としてアランに出席させることにした」

つまりは次期領主が誰なのか、領民たちにはっきり表明するということだ。これでもうルイーズたちの横やりは入らないだろう。

「良かったわね、アラン」

けれどアランは浮かない顔をした。

「公爵の代役も点火の儀式も務めます。ですが……村娘とのダンスは遠慮したい」

「だがどちらも務めるのが慣わしだ」

「では、僕はどちらも辞退します」

「え……っ」

グレースの驚きを引き継ぐように神父が訊ねる。

「なぜです。ここで領民たちに存在を示せば、ルイーズ様やフェルナン様もさすがに諦めてこの城から出ていかれるでしょう」

「だとしても僕はグレース以外と踊るつもりはない」

あまりにきっぱり断るので、神父も公爵も苦笑いしか出てこない。

「では、村娘とのダンスだけ他の者に任せよう。ただし領民の代表が認めればの話だが」

「ありがとうございます」

アランが礼を言うと、公爵は眩しげに息子を見つめる。

「グレースか。なるほど、お前もそういう年だな」

そう言われて、アランは意図せずグレースに対する想いを打ち明けたことに気づき、あっと声をあげた。

公爵と神父、どちらも驚く様子がないので、薄々アランの恋心には気がついていたのだろう。

グレースは頬を真っ赤に染めて俯く。

これではもう明日からはアランと迂闊《うかつ》にキスもできない。

「叙爵についての話も進んでいる。まずは領民に次期領主として認められることだ」

「ご期待に添えるよう善処します」

相手の要望を叶えつつも、じぶんの譲れないところは交渉する。

アランは日に日に頼りがいのある青年に成長していた。

そんな相手がいずれ夫になるのかと思うと、グレースはじぶんのことのように誇らしく思えてくる。

だが、グレースが伯爵家に戻ると、城ではちょっとした騒ぎが起きていた。

執事は戻ったばかりのグレースに近づくと、不在時の出来事について耳打ちする。

「お母様が倒れたって本当なの？」

急いで母の部屋を訪ねると、かかりつけの医師はすでに帰ったあとだった。

「ただの貧血なのに、みんな大げさに騒ぎすぎなのよ」

そう笑いつつ、母は寝椅子に横になりながら、なぜか人払いをしてしまう。

「あなたに話があるの」

改まった口ぶりにグレースは何事かと身構えた。

「じつはお腹に赤ちゃんがいるらしいの」

「えっ」

グレースはじぶんの耳を疑った。

もともとグレースの母は堕《お》りやすい体質と聞いている。

だからこそ三度目の妊娠でようやく生まれたグレースたちに深い愛情を注ぎ、双子がひとりになっても死んだ息子の歳を数えるようなことはしなかった。

あまりにきっぱりと息子の死を受け入れていたので、かえって両親を冷たく思った時期もあったが、いまでは娘を思ってくれた両親の愛情に深く感謝している。

「舞踏会で具合が悪くなったのも、もしかして赤ちゃんがいたから？」

「その可能性はあるわね。今日まで自覚はなかったけれど」

「おめでとう、きっとお父様も喜んでくれるわね」

すると母は小さくため息をついて、グレースの手を握った。

「私はこの歳だし、無事に生まれてくる保証はどこにもないわ。だから当分のあいだは様子を見て、安定期に入るまでは誰にも言わないつもりなの」

じぶんの体のことよりも、夫のことを第一に考えている。

息子の死を受け入れたのも、じぶんの悲しみよりも残された家族を思ってのことなのだろう。

母は決して薄情ではなく、芯の強い女性なのだ。

グレースは母の手を握り返すと、まだ平たいお腹に視線を落とした。

「無事に生まれてくるようお祈りするわ。クリストフもそう願っているはずよ」

「きっとそうね」

新しい命を宿す母の横顔は聖母像とよく似ていた。

＊＊＊

それから一週間後、またひとつ事件が起きた。

このところグレースは母の体調を気遣って、外出をなるべく控えるようにしていた。午後遅くに久々に公爵の城を訪れると、公爵家の馬車に使用人が慌ただしく荷物を積み込んでいた。

「ルイーズ様がお帰りになるのでしょうか？」

そうだとしたらフェルナンと顔を会わせるかもしれない。

この前の一件以来、グレースは彼のことを避けるようになっていた。

馬車が出るまで待っていようかと馬車のなかで迷っていると、伯爵家の馬車に気づいた神父が近づいてきた。

「神父様、どこかへお出かけですか」

「急なことですが、私とアラン様はしばらく領地を離れます」

神父の神妙な顔つきに不穏な気配を感じてしまう。

「いったいどうして？　アランになにかあったのですか？」

勢い込んで訊ねると、神父が渋面を作る。

「直接には関係ありません」

「というと？」

「最近領内で妙な噂が立っているのです」

「妙な噂？　そんなことでどうしてアランが離れる必要があるのですか？」

「じつは夜な夜な人狼が現れて、人が襲われているというのです」

「人狼？　まさかそれでアランが疑われているということですか？」

アランが人狼としてサーカスにいたことは社交界でも広がっている。

もちろん領内でも公然の秘密として扱われていた。

「だけどアランが人を襲うなんて、そんなことありえません」

「もちろんアラン様は潔白です。ですが公爵は狼公爵と怖れられ、その息子まで人狼と呼ばれた過去がある。そこに今度の噂が重なれば、人は自然とアラン様を連想してしまうでしょう」

「そんな……」

「ですから用心のため、私とアラン様は火祭り当日までしばらく領地を離れることにしたのです。領内にアラン様がいなければ、妙な嫌疑をかけられる心配もなくなる」

「だけど……」

一週間後に戻るとわかっていても、しばらくアランと会えないという事実が心を乱す。

「アラン様は部屋にいらっしゃいます。お別れをするならいまのうちがいいでしょう」

「わかりました」

グレースはテッサを待たせて馬車を降りると、ひとりでアランの部屋に向かった。

「良かった、来てくれたんだね」

使用人が最後の荷物を運び出すと、アランがグレースの手を握ってくる。

「どうしてこんなことに……」

思わず呟くと、アランは悔しげな表情をした。

「仕方ないんだ。妙な疑いがかかる前に手を打たないと、僕だけでなく父にも迷惑をかけてしまう」

「……ええ、そうね。その通りね」

たとえ尾ひれのついた噂でも、それが一人歩きしたあとでは容易に取り消すことができない。

ときに人は真実よりも、それらしく見える嘘や憶測に飛びついてしまう。

「ごめんね、グレース。君のそばを離れないと誓ったのに」

「今回は仕方ないわ。それに離れるといっても火祭りまでの一週間よ。一年に比べたらあっという間だわ」

じぶんにも言い聞かせるようにアランを慰めると、アランはグレースの唇に長いキスを送った。

しばらくはこの唇の感触ともお別れだ。

「待っているわ」

寂しさを隠して、グレースが笑顔で送り出そうとすると、そんなことなどお見通しだと言わんばかりにキツく胸に抱き締められる。

「心配しないで。僕は必ず戻ってくるよ。僕の帰る場所はグレースの隣だけだ」

――ぼくはグレースのそばを離れないよ。

アランの言葉に、なぜか幼い頃に弟から言われた言葉を思い出す。

「そろそろ行くよ」

アランは名残惜しそうに、もう一度グレースの額にキスをすると部屋を出ていく。

残されたグレースは急いで窓辺に近寄ると、そこから馬車に乗り込むアランを見送った。

馬車に乗る直前、彼はグレースのほうを見上げると片手を挙げる。

グレースはその手に振り返しながら、遠ざかる馬車が見えなくなるまでいつまでも見送り続けていた。

＊＊＊

ようやく火祭りの日を迎えた。

広場の中央には、夕陽を浴びた案山子が組んだやぐらにくくりつけられていた。

その大きさは、離れた場所に見える教会の尖塔《せんとう》部分に並ぶほどになる。

さすがに風が強いと薪の規模は縮小されるが、火勢が天を焦がすほど健康と豊穣が約束されると信じられているので、年々案山子は大きくなっていた。

今日はこの場所でアランと再会することになっている。

この火祭りに最後に参加したのは、森での惨劇が起こる前年だ。

その年は悪天候が続き、火祭りも延期を繰り返し、最終的には用意していた藁や薪を全員に配って、各自、家の暖炉で燃すよう促されていた。

そこにあの惨劇が起きてしまう。

以来火祭りの中止は不吉とされ、どんなに延期になっても確実に行われるようになっていた。

それくらい公爵家や領民にとって、この火祭りが行われる意義は大きい。

「アラン様は戻られたのでしょうか？」

火の気のない薪が薄闇に沈んでいくのを見つめていると、テッサが気遣うように聞いてくる。

けれどグレースにも答えようがない。

わかっているのは前日戻るはずだった彼らの到着が遅れているということだ。

「数日前の豪雨で川が氾濫して橋が壊れたそうなの。それで迂回して戻ってるって公爵に連絡があったみたいだけれど……」

その後どうなったのか、誰も知らない。

夕闇迫る広場でグレースは意味もなくドレスの袖を直しながら、アランが来るのを今か今かと待ちわびていた。

どうして夕暮れはこうも人を心細くさせるのだろう。

求める人は見つからないのに、来賓席に我が物顔でいるフェルナンの姿が目に留まる。

アランの要望が受け入れられ、フェルナンが村娘とのダンスを務める予定だが、もしもアランが間に合わなければ、彼がアランの代役として点火も務めることになっていた。

そうなると、領内で彼を後継者に推す声もあがってくるだろう。

それですぐにアランに取って代わるわけではないが、フェルナンの近くにピエール神父と対立する医師と教会の関係者、それに数名の有力者がいるのが気にかかる。

ピエール神父が孤立したのも、彼らが反対の声をあげたからだ。そのそばにフェルナンがいるとなると、かつての騒動にも彼とルイーズが絡んでいたのではないかと思えてくる。

「アラン、早くきて……」

グレースはいっそう輝きを増した一番星を見上げた。

どうか無事に戻ってきて。

グレースは星を見上げながら、そう願わずにはいられない。

アランの無事な姿をこの目で確認しないと、不安に押し潰されてしまいそうになる。

そこへ、見慣れない馬車が駆け込んできて、なかからアランと神父が降りてきた。

「ただいま、グレース」

「良かった、間に合ったのね」

たった一週間会わないでいただけなのに、彼が素敵に見えるのは恋人の欲目だろうか。長旅から戻ったとは思えないほど正装の着こなしは完璧で、わずかに湛えた微笑と艶めく眼差しに心がときめいてしまう。

普通の恋人ならいっしょにいることで愛の度合いを感じるだろう。けれどグレースとアランに限っては、離れるたびに愛の絆が深まっている気がする。いまも無事に戻ってくれただけで泣き出しそうなほど嬉しい。

「グレース、どうしてなにも言ってくれないんだ？　僕が戻って嬉しくない？」

冗談交じりに微笑まれ、グレースは勢いよく首を横に振る。

「まさか。もちろん会えて嬉しいわ。嬉しいに決まってるでしょ」

「僕もグレースに会いたかった」

「わたしもよ」

周囲の目があるので、ここで抱き合って再会の喜びに浸ることはできない。

本当ならいますぐキスしてふたりだけになりたいのに、いまはただ焦れた思いで相手のことを見つめることしかできずにいた。

アランは礼儀にのっとって、グレースの頬に挨拶のキスを送りながら、

「このまま君の匂いを嗅いでいたい。いますぐ全身にキスを浴びせたい」

と、どさくさ紛れに際どい言葉を囁いて、グレースは夕陽とおなじくらい頬を真っ赤に染めた。

「アラン様、早くしないと点火式が始まります」

「そうだった」

アランはグレースに悪戯っぽく片目を閉じると、「続きはまたあとで」と言い残して、来賓席に姿を消した。

「公爵家の馬車でお帰りになるのでしたら、私と御者は先に戻っておりますね。きっとアラン様と積もるお話もあるでしょうから」

テッサなりにグレースの恋を応援してくれているらしい。

そういえばテッサにふたりの関係についてはっきり伝えた覚えはない。けれど彼女は、すべてを承知で見守ってくれているようだ。

「ありがとう、テッサ」

テッサと別れたグレースは、点火式の見える場所を求めて移動した。

グレースも来賓席に行けば席を用意してくれるだろうが、そこではアランだけを見つめてもいられない。

グレースは離れた場所から、アランを見守ることにした。

式典が始まると、アランは花で飾られた松明を薪の山に投げ入れる。油をかけているのか、火は瞬く間に案山子の頭まで燃え移り、星が瞬き始めた夜空を赤く焦がす。

それから演奏が始まって、フェルナンが居並ぶ村娘のなかからとくに美しい娘を選ぶと、さっそく最初のダンスが始まった。

ひと組、またひと組と、踊りに加わり、やがて薪を囲むようにして大きな輪ができる。

ここからが本格的な火祭りの開始だ。

大人や有力者たちはアランに挨拶するために長い列を作り、子供たちは藁の動物たちを火に投げ入れて遊んでいる。

やがて神父だけが来賓席を離れて、グレースのところに戻ってきた。

「神父様はあちらにいなくてもよろしいのですか？」

「私はあくまでアラン様の家庭教師です。神父として前に出ては、私のことをよく思っていない方たちの反感を買ってしまうでしょう。そうなってはアラン様や公爵に迷惑をかけてしまう」

神父は苦笑を浮かべる。

アランがここまで成長できたのは、すべて神父のおかげだ。

彼の知識や才能はアランだけでなく、もっと大勢の人のために生かされるべきだ。

それなのに一部の人たちのつまらない利権争いのせいで、神父の優れた能力が発揮できずにいる。

「どうして人を救うべき立場の人が、他の人の足を引っ張る真似をするのでしょう。救いの手は幾つあってもいいはずなのに」

グレースが悲しげに呟くと、神父は悟りきったように呟く。

「それが人というものなのでしょう。じぶんの欲に取りつかれた者は、愚かな行動をとってしまうのです」

「たしかにじぶんの利益ばかり追う人もいますが、神父様は人のために尽くされています。だからわたしやアランは、神父様のことを尊敬しているのです」

「そんなに買い被らないでください」

神父は謙虚に目を伏せて、穏やかに微笑んだ。

「アラン様はきっと立派な領主になるでしょう。そして誰よりもグレース様のことを気にかけ愛していらっしゃる。きっとおふたりなら、互いを慈しむ素晴らしい家庭を築けると思いますよ」

「ありがとうございます」

「それでは、私は先に失礼します。アラン様にもそうお伝えください」

信頼している神父からじぶんたちの仲を認められ、グレースは浮き立つ心を隠せない。

アランもじきにやってくるかと思ったが、どうやら領民たちからなかなか解放されないでいるようだ。

時間が経つにつれ、踊りや火の輪も徐々に小さくなっていく。

「待ってよー」

そこに数人の子供たちが駆け込んできた。

どうやらグレースのそばに積んである薪を取りにきたようだ。

そんな子供たちの姿を眺めていると、幼い頃のじぶんたちを思い出す。

なにをするにも三人いっしょで、世界は明るい光だけで溢れていると思っていた。

「ねえ、人狼って本当にいるの？」

「しー、ここでその話はしちゃだめだよ」

少女が少年をたしなめる。

グレースのいる場所が薪の陰に隠れているせいか、子供たちからはグレースが見えないらしい。

「だって隣のおねーちゃん、人狼のせいで気が変になっちゃったんでしょ？　だからおれがおねーちゃんの敵を討ってあげたいんだ」

どうやら噂話は、子供たちにまで蔓延《まんえん》しているらしい。

気になるのは噂の人狼とアランがひとくくりにされているかどうかだ。

なんとなく息を詰めていると、ふたりの会話に別の少年たちの声が加わった。

「はあ？　お前みたいなチビがどうやって人狼を倒すんだよ」

「相手は狼の化け物だぞ。お前なんかガブリとやられてお終いだ」

それを聞いた少年が隣の少女に慌てて確認する。

「え、おれも人狼に食べられちゃうの？　だけど人狼が食べるのは女の人だよね？　子供は食べたりしないよね？」

「そうよ、あいつらの言うことなんか気にしちゃだめ。だけど絶対ひとりで森に入っちゃだめよ。でないとあんたまでおかしくなっちゃうわよ」

「なあ、早く行こうぜ」

もっと話を聞きたいのに、子供たちは来たときとおなじ勢いで去っていく。

女の人ばかり狙う人狼？

本当に人を食べる狼がいるのなら、どうして女の人は食べられたのではなく気が触れてしまったのだろう。

なにより知りたいのは人狼とアランに関係性があるかどうか。それにアランと人狼が一緒くたにされているかどうかだ。

グレースは詳細をたしかめるために、子供たちを追おうと立ち上がる。

だがその瞬間、視界が暗闇に閉ざされた。

ずた袋のようなものを背後から被されて、悲鳴をあげる間もなく体を横抱きにされる。

少なくとも相手はふたりいる。足と腰、それぞれに誰かの腕を感じる。

グレースは横抱きにされたまま、突然激しい振動にさらされた。

「……っ……」

とっさにはじぶんの身になにが起きたかわからない。

鼓動が激しく警鐘を鳴らす。

唯一たしかなことは、このままどこかへ連れ去られようとしていることだ。

助けて、アラン！

声をあげたくてもあまりの振動の激しさに口を開くこともできない。

一言でも喋れば舌まで嚙み切ってしまいそうだ。

しばらくすると男たちの走る速度が緩慢になる。

グレースはどうにか事態を把握しようと、唯一自由の利く耳をそばだてた。

どこか狭い道を進んでいるのか、草をかき分けるような音がする。

胴囲にかけられた腕に、太ももを抱える腕。じぶんを攫ったのはふたり組の男らしい。

逃れようともがけばもがくほど、体を捕らえる腕の拘束が増して息ができない。

グレースは抵抗をやめた。そうすれば少なくとも意識を失わずに済む。

さすがに人を抱えたまま移動するのは困難なのだろう。小走りだった足音は歩みに変わり、男たちの息も次第にあがっていく。

これからどうなるのだろう？　なぜ彼らはじぶんを攫ったりしたのだろう？

男たちの足音に混じって、じぶんの鼓動が耳につく。どちらの音も不安を煽り、グレースの心を恐怖が支配する。

視界が利かないせいか、時間の感覚や現実感が麻痺していく。連れ去られて数時間が経つ気がするし、まだ数分の出来事にも感じる。

やがて男たちが立ち止まり、グレースは地面に投げ出された。

「うっ……」

急なことで受け身を取れず、グレースは背中を強く打って苦痛に息を詰める。

そのあいだに頭のずた袋を取り払われた。

「やあ、グレース」

月明かりに見たのはフェルナンだった。いつか教会に押しかけた、ふたりの男も後ろにいた。

男たちの頭に、顔の上半分を覆う、狼の半マスクが見える。

噂は本当だった。

人狼はたしかにいる。それもじぶんの目の前に。

「フェルナン？　どうしてあなたが？」

長く揺られていたせいか、体がふらついて起き上がれない。

それでも体を起こして見上げると、上から冷たい視線が落ちてくる。

「こうでもしないと君は会ってくれないだろ」

避けていたのは事実だが、ここまでされる覚えはない。

「人狼の噂を流したのはあなたなのね」

「ご覧の通り」

フェルナンは悪びれる様子もなくほくそ笑む。

「アランを陥れてまで公爵の養子になりたいの？」

「事情が変わったんだ。まあ、あいつらに警戒されて領地を去られて、計画は中断せざるをえなくて残念だったよ。せっかくみんなのイメージ通りの人狼を演出してやってたのに」

グレースはぞっとした。こんなふうに躊躇いなく、人を陥れようとする人間がいることに。

「なぁ、話はそれくらいでこの女と少しくらい遊んでもいいだろ？」

白狼のマスクをつけた男が下卑た笑いを漏らして、グレースの髪を乱暴に掴んだ。

「い、痛いっ」

グレースが悲鳴をあげると、黒狼のマスクまで近づいてくる。

「だったら俺にも抱かせろよ。貴族の女なんて、この先一生抱けねぇだろうしな」

男たちに欲望の対象にされているとわかり、グレースは心底震えた。

人狼に襲われて気が触れてしまった女。

子供たちが噂していた女性も、彼らにおなじことをされたに違いない。

「……助けて」

グレースは思わず懇願した。

するとフェルナンは野蛮な男たち以上に、ぞっとする答えを返してくる。

「抱きたいなら抱けばいい。どうせこの女は傷物だ。なにせ本物の人狼に脚を開いているんだからな」

男たちは喜々として、グレースを地面に押し倒した。

「いや、止めて！」

グレースが抵抗すると、男たちはなにが楽しいのか下卑た笑い声を漏らす。

「いまさらぶるんじゃねえよ。お上品な顔して、もう何回も男を銜《くわ》え込んでんだろ？」

「今夜は俺たちでたっぷり可愛がってやるから、いつもみたいに脚を開けよ」

「い、嫌よ。わたしの体は未来の夫に捧げると誓ったの！」

とっさに叫ぶと、フェルナンが男たちを押しのけて、グレースの胸ぐらを摑んできた。

「あいつと寝てないだと？　嘘を言うな」

「本当よ。わたしたちは結婚するまで先に進まないと約束したの」

フェルナンは逡巡するような素振りを見せ、男たちを目で制す。

「話が済むまで向こうへ行ってろ」

男たちは舌打ちして、渋々距離を取った。

「お前が処女ならまだ利用価値がある」

フェルナンがにやりと笑う。

恐怖に怯えながらも、グレースは男の言葉に怒りを感じた。

「あなたは施療院にアランを閉じ込めようとしたルイーズ様とおなじね。あなたたちこそ人の皮を被った獣だわ。アランを貶めるために、関係のない女性まで巻き込むなんて最低よ」

「獣だと？　それを君が言うのか？」

フェルナンは摑んでいた胸ぐらを離すと、グレースに立つよう命じた。

「散々弄んでやってから、君に真実を伝えるつもりだったが……」

もったいぶった口調でフェルナンが腕組みする。

「俺は人を雇ってあのサーカス一座を探した」

「……いったいなんのために？」

「それはいい質問だ」

フェルナンはくくっと喉の奥で笑う。

「君は人狼を見つけたときから、彼をアランだと主張してきたみたいだが、どうして彼がアランだと断定できる？　別人だとは思わなかったのか？」

「いまさらその話を蒸し返すつもりなの」

グレースはうんざりした。

口を利けない頃ならいざ知らず、いまの彼には能力も実力もある。第一、父親である公爵が彼を認めているのだ。そんなアランが偽物であるわけがない。

けれどフェルナンは楽しげに目を細めながら先を続ける。

「あいつはたしかにラ・ヴェールの惨劇の生き残りに違いない。けど君は忘れてないか？　あのとき森に消えたのはアランひとりじゃない」

まわりくどい発言にグレースは眉を顰めた。

「いったいなにが言いたいの？」

「君が犯している罪の話さ」

フェルナンは我慢できないといった様子で声をあげて笑った。

「まだわからないのか？　ラ・ヴェールの森で失踪したのは、君の弟もおなじなんだ」

「馬鹿げてるわ。納骨堂には弟の棺があるのよ」

「そこに彼の遺体はあるのか？」

「……っ」

男の言いたいことに気づき始め、グレースは妙な寒気を感じた。

これ以上、この男と会話を続けたくない。

「俺は前から不思議だったんだ。どうしてみな当然のようにアランの生存を信じて、君の弟が死んだと思い込んでいるのか」

「それは……」

アランに比べて、クリストフは前の年から体調を崩すようになっていた。

その弟がたとえ狼の牙から逃れたとしても、過酷な森の生活に耐えられるはずがない。それに見つかったテディベアが血塗れになっていたせいで、誰もが彼の身に起きたことを想像して、クリストフは死んだと判断したのだ。

けれど本当に死んだのはクリストフなのか？

改めて突きつけられた問いに、グレースはいまさらながら疑問を感じた。

アランの記憶は完全に戻っていない。

ふたりで話していても、過去の記憶は曖昧で、断片的だったりする。

いままでは惨劇の後遺症だと思い込んでいたからあまり疑問を感じなかったが、よくよく思い返せばアランのグレースへの執着は幼い頃の弟に近い。

彼は昔、ときにはアランにさえ嫉妬して、グレースを病床のベッドに呼び寄せ、ふたりきりになろうとした。

惨劇が起きるまで雇われていた乳母はそれを仮病だと嫌って、グレースが弟の見舞いに行くことをよく思っていなかった。

そうやって一度疑いだしてしまうと、なにもかもが怪しく思えてきてしまう。

見てきた世界がいとも簡単に反転する。視点や見方を変えただけで、まったく別の答えが出てしまう。疑い出せばきりがない。

　グレースが青ざめていくのを、フェルナンは満足げに眺めていた。

「俺はやつがクリストフだという証拠を握っている」

「嘘。そんな証拠あるはずがないわ」

「いや、あるさ」

　フェルナンはグレースの胸もとに手を伸ばすと、いつも身につけている銀の十字架を指につまんだ。

「これは両親から贈られたんだろう？　君は銀の十字架を、弟は金の十字架を身につけていたはずだ」

　グレースは怯えた。この先は聞きたくないのに、緊張のあまり体が強張って、腕すら持ち上げることができない。

　耳は塞がれることなく、自然と次の言葉を待ってしまう。

「あいつがサーカスにいた頃、これを身につけていたそうだ」

　そう言ってフェルナンが目の前にかざしたのは見覚えのある十字架だった。唯一違うのは金色に光ることくらいだ。

「そんな……」

あれほど弟の生存を願っていたのに、こんな形で知らされるとは思ってもみなかった。冷静に考えてみれば、生き残ったのが弟であってもおかしくない。

クリストフもアランとおなじ琥珀の瞳をしていたが、憂いを帯びた眼差しはアランというより弟の印象に近い気がする。

フェルナンが言ったように、死んだのが弟ではなくアランだとしたら……。

そこまで考えて、グレースははっと我に返る。

フェルナンの言うことを真に受けてはいけない。彼はアランを陥れるために、男たちを使ってひどいことまでさせていたのだ。

彼の置かれた立場には同情もするが、じぶんが後継者になるためならどんな汚い手も使うだろう。

「あなたの言うことは信用できないわ。いまのもでたらめに決まってる」

じぶんが信じるべきはアランであってフェルナンではない。

すると男は忌々しげに鼻を鳴らして、グレースの十字架から手を放した。

「しなくてもいい罪を俺が犯すことになったのは、全部君のせいだ」

「わたし？」

男は堂々と責任転嫁して、あまつさえ嘲笑まで浮かべる。

「だってそうだろ。もうじき俺がすべてを手に入れるというときに、あの男を施療院から連れ出したんだからな」

　フェルナンは言葉を切ると、冷たく言い放つ。

「君のせいで俺の計画は狂ってしまった」

「計画？　あれはルイーズ様ひとりの考えじゃなかったの？」

　フェルナンははっきりと答えず、悪意に満ちた微笑を浮かべていた。それだけでじゅうぶん答えになっている。

　最初からフェルナンが共犯、いや陰で手を引いていた主犯だったのかもしれない。

「それに君が神父を家庭教師に推したせいで、なかなかこっちの思惑通りに事が運ばなくて苦労したよ。だから次の手を考えようとサーカスにいた下男と渡りをつけたら、とんでもないお宝が転がりこんできたわけだ」

　フェルナンは意味ありげに、グレースの胸もとを指さした。

「さっき君の十字架に触れたのは、こいつが本物かどうか確認するためだ。君の十字架には聖母の姿と裏に名前が刻まれていた。そして俺が持っている十字架にも……」

　フェルナンはもう一度それをグレースの前に掲げ、裏に刻まれた名前を告げた。

「クリストフ」

「そんなまさか……」

偽物を仕込むのは簡単だろう。だがその裏に名前が刻まれていることまでは、本人と家族しか知らない。

見つかったのがクリストフかどうかは別にしても、十字架が本物であることは疑いようがない。

フェルナンはグレースの背後にまわり込むと、その耳もとに言葉の毒を注いだ。

「本当は君も薄々気づいていたんだろう？　彼がアランじゃなくて、弟かもしれないって」

「そんな、わたしは……」

急に息苦しくなって、足もとが大きく揺らぐ。

アランと交わすたわいのない会話。そのやりとりで引っかかりを覚えたことは何度もあった。

それにアランが戻ってきてから、グレースの夢遊病がぴたりと止《や》んだ。

もう夢にまで探しに行かなくても、クリストフならそばにいる。無意識にそう感じとっていたから悪夢さえ見なくなったのか。

代わりに毎月一度か二度見るようになったのは、アランの姿をしたクリストフがグレースに会いにくる夢だ。

不思議とその夢は現実と同時進行していて、アランとの関係が進むと、夢のなかの弟との関係も進んだ。嵐の晩を境に、夢のなかでグレースは弟相手に淫らな行為に耽るようになっていた。

もちろん夢から醒めれば、後ろめたさと羞恥に襲われることになる。だからあえて、そのことについては深く考えることをしなかった。

グレースはただただ浸り続けていた。昼はアランに愛される喜びに、夜は弟に抱かれる悦びに。

恋は盲目。そんな言葉が頭に浮かぶ。

グレースにとって初恋の相手はアランとクリストフだ。

いっしょに成長していれば、弟への恋心は自然消滅していただろう。けれどその想いは、いまも風化することなく幼い頃のまま心の奥で置き去りにされている。

「グレース、君が恋した男は弟かもしれないんだ」

「あ……」

くずおれそうになった体をフェルナンが支えた。

もしもフェルナンの言う通り、生き残ったのがアランではなく弟だったとしたら。

じぶんたちは気づかぬうちに禁忌を犯していたことになる。

――いまに天罰を受けますよ！


乳母に言われた言葉が頭を過《よ》ぎる。

弟とキスしただけであの惨劇が降りかかったのだ。

これ以上、アランとの関係を続ければ、今度こそ彼の命が奪われてしまう。

グレースは全身から血の気が引いていくのがわかった。

「俺は寛容な男だ」

フェルナンはうって変わってやさしい声音で、腕に捕らえたグレースの碧い瞳を覗き込んでくる。

「君が俺の望みを叶えてくれるなら、この十字架はどこにも公表しない」

「望み？」

「俺と結婚しろ」

「え……」

思ってもみない提案に頭が混乱する。

彼が欲しがっているのは公爵の地位で、伯爵家ではなかったはずだ。

「俺が公爵家の後継者におさまったところで、公爵が生きている限りすべての権限に制限がつく。財産についても最初に契約を結んで、それ以上の金は手に入らないだろう。どうせなら自由にできる金と地位が欲しい。その点、君の家には跡継ぎがない。俺たちが結婚すれば、その子供が成人して爵位を継ぐまでのあいだ、俺は法定後見人として伯爵家を自由にできる」

「……っ」

フェルナンはじぶんの考えに酔いしれるように陶然と話し続ける。

「この十字架を持ち出せば、アランの立場は危うくなる。彼の存在は揺らいで、ほぼ決まりかけた後継者問題も保留になるだろう」

「で、でもその十字架があるからといって、彼がクリスだという証拠にはならないわ。アランが弟から譲り受けた可能性だってあるのよ」

「たしかに。だがその反面、彼がアランだという証明もできなくなる」

アランが記憶を取り戻しさえすれば、すべてが解決するだろう。けれど、彼の記憶が戻るという保証はない。

疑惑があれば、公爵も慎重にならざるを得ない。

ましてじぶんの両親も、今回の件が明るみに出ればさすがに黙ってはいないだろう。

このことがきっかけで両家の親交にひびが入りかねない。

「考えてもみろ。この十字架を持ち出したところであいつに復讐はできても、俺はなんの得にもならない。たとえ養子になれたとしても、何年、いや十年先になるかもわからない」

フェルナンはグレースの髪を指で撫でながら、やけにねっとりとした口調で囁いた。

「君が俺と結婚すれば、すべてが解決だ。あいつは公爵になれるし、俺は後見人として楽しく過ごせる。君だって人狼騒ぎでどれだけ村の連中が踊らされたかわかるだろう？　十字架の件が社交界にも広まれば、国王だってそう簡単に叙爵を認めないはずだ」

悔しいがフェルナンの言う通りだった。

確たる証明でなくても、十字架がもたらす影響は計り知れない。

噂や猜疑《さいぎ》心にいったん火が点いてしまえば、それは真実より重く受け止められてしまう。

なにより今回の件で、グレースのなかにも迷いや疑いが生じてしまった。

グレースはアランと向き合うたびに、弟との類似点を探すようになるだろう。

たとえ見ぬふりで関係を続けられたとしても、何年か先に彼の記憶がよみがえって、クリストフであると思い出すことがあれば、じぶんたちの関係はどうなってしまうだろう。

それ以前に、彼の身になにか良くないことが起きるかもしれない。

「グレース、どうするか決めるのは君だ。俺の手を取るか、それともあいつと一緒へ地獄に落ちて一生人から後ろ指をさされるか、好きに決めたらいい」

グレースは激しく動揺した。

これはじぶんだけの問題ではない。十字架の件が明るみに出れば、公爵の喜びが消えてしまう。

それにいま、母の体には新しい命が宿っている。この件で心労が加われば、大切な命を奪いかねない。

「さあ、どうするグレース？」

ダンスでも誘う気安さで、悪魔が手を差し伸べてくる。

フェルナンはじぶんの欲望のために、どれだけの人の人生を狂わせるかわかっていない。

いや、わかっているからこそ、こうして脅しがかけられるのだ。

「…………」

男の申し出を受けるほうが、被害が最小限で済むことはわかる。

だからといってすぐには返事ができない。

彼の手を取るということは、愛する人を諦めて、憎むしかない男と夫婦生活を営んだ上に、その子供まで宿さないといけないのだ。

煮え切らないグレースの態度を見て、フェルナンは苛立ちを隠そうとしない。

「君はじぶんの立場をわかっているのか？　俺は実の弟に恋した女を、妻にしてやってもいいと言っているんだぞ」

グレースはそれでも決断できなかった。考えることが多すぎて頭が真っ白になってしまう。

「ちっ」

痺れを切らしたフェルナンは指を鳴らすと、遠くにいた男たちを呼んだ。

「この女を押さえておけ」

グレースは駆けつけた男たちにふたたび地面に引き倒され、あっという間に手足の自由を奪われてしまう。

「最終確認だ。俺に抱かれて妻になるのと、このふたりに犯されるのとどっちを選ぶ？」

グレースは恐怖に目を見開いた。

フェルナンの冷たく見下ろす目が、決して口だけの脅しではないと物語っている。

「そんなのどっちでもいいじゃねえか。せっかくだし、この前みたいに三人で盛り上がろうぜ」

「そうだ。いまさらケチケチすんなよ。お前が抱いてるあいだ、俺たちに指くわえて見てろっていうのか」

「ああ、そうだ。お前たちに抱かせるにしても、俺の息子を孕むまでは我慢しろ」

身勝手なことを言い争う男たちには虫唾が走る。

ここでアランを選べば、三人に犯されることになるだろう。だからといってフェルナンを選ぶ気にもならない。

「とりあえず、いまから君が本当に処女かどうかたしかめさせてもらうよ」

決断できないグレースの胸もとにフェルナンの手が伸びる。

男たちの下卑た視線と嘲笑を浴びながら、グレースはぎゅっと目蓋を閉じた。

圧倒的な力のせいで逃げることもできず、先のことを想像すると怖ろしくて声も出せない。

そんな絶望のなか、グレースはじぶんを探す声を聞いた。

「グレース！」

アランの声。それ以外にも複数の人がグレースを遠くで呼んでいる。

「こんなところを見られちゃまずい」

「証拠を残すな」

男たちが我先にと逃げ出すと、フェルナンがチッと舌打ちして立ち上がった。

「一日だけ待ってやる。それを過ぎたら」

わかっているなと目で脅し、フェルナンも急いでその場から離れる。

彼らの気配が消えてグレースが体を起こしかけると、逃げた男たちと反対の茂みからアランが現れた。

「グレース！」

アランは座り込んだままのグレースに慌てて駆け寄った。

「ひとりで森を歩くなんてなにを考えているんだ。危ないじゃないか！」

怒声にも似た声に、彼の必死さが現れていた。いままであちこち探しまわっていたのだろう。

その息は乱れ、抱き寄せられた胸の鼓動が早鐘を打っている。

「死ぬほど心配したんだ」

「ごめんなさい……」

アランに会えて安堵しながらも、抱き寄せられていることに後ろめたさを覚える。

「どうしてこんなところにきたんだ？」

本当のことは言えずに、グレースはとっさに嘘をついてしまう。

「こ、子供たちが森に入っていくのを見かけたの。それであとを追いかけたら途中で姿を見失って、慌てて戻ろうとしたら転んでしばらく気を失っていたみたい」

「頭を打ったのか？　それならすぐに神父のところへ行こう」

アランはグレースを抱きあげると、捜索隊の男たちと合流するために歩き出す。

「どこか痛む？」

「い、いいえ、大丈夫。背中を強く打って、それで一瞬呼吸ができなくなっただけ」

アランは深いため息をつき、グレースの額にじぶんの額をこつんとぶつけた。

「君がいなくなったらどうしようかと思った。もうこんな思いはしたくない」

「ごめんなさい」

目が合うと彼の顔が近づいて、唇が迫る。


――いまに天罰を受けますよ！


「だめよ！」

頭に響く声で、グレースはアランの顔を押し戻した。

「グレース？」

「あ、その……だ、誰かの気配がしたみたいで」

とっさの言い訳だったが、偶然、捜索隊の男たちが近くの茂みから現れた。

「見つかりましたか？」

「ああ、迷子になって気を失っていたらしい」

広場に戻ってみれば、連れ去られた場所はさほど遠くではなかった。

広場に出る直前、アランはグレースを抱え直すふりをして耳もとで囁く。

「さっきはキスしても見つからなかったのに」

けれどグレースにはわかっていた。

もう二度とアランのキスを受け入れることはできない。罪の意識にとても耐えられそうにない。

「……アラン、探しに来てくれてありがとう」

だからグレースは別れを惜しむように、彼の胸に頬を押し当てた。

「残念だけど、今日のところは真っ直ぐ送るよ。君と過ごすのは明日からでもかまわない」

別れを決めたからなのか。アランの声はいつも以上にやさしくて、炎を映す琥珀の瞳が金星のように瞬いて見えた。

## 第5幕　禁忌の森

来て欲しくないと願う日ほど、あっという間にやってくる。

フェルナンの申し出を受け入れるか否か。答えはふたつにひとつなのに、まだ決心がつかない。

愛しているのは間違いなくアランだ。それなのに愛した相手が誰なのかわからない。

彼は弟の十字架を身につけていたという。

たったそれだけのことで、いままで信じてきたものが揺らいでしまう。

アランと呼んでいた人がじぶんの弟かもしれない。

それが事実だとしたら公爵家どころか伯爵家の問題にまで発展してしまう。

アランが戻って両家にようやく平穏が訪れたのに、なぜフェルナンはよけいな波風を立てようとするのだろう。

グレースは深いため息をつく。

どんなに対抗策を考えても、結局は堂々巡りになってしまう。

フェルナンが手に入れた十字架だけでは真実は得られない。

けれど十字架が明るみに出れば、アランに関わるすべての人に苦悩がもたらされる。

唯一答えを知る者は過去の記憶を失って、いつ思い出すかもわからない。

出口のない迷路に放り込まれたように、誰もが答えのない問題に向き合わなければならない。

そしてその問題が片付かなければ、誰もグレースとアランの関係を認めてはくれないだろう。

どうすればフェルナンの企みから逃れられるのか。

あらゆる手段を考えて、グレースは答えに行き詰まる。

いくら時間をかけて考えたところで、明るい兆《きざ》しは見えてこない。

アランや家族を守ろうすると、フェルナンの提案を受け入れることばかりに考えがいってしまう。

「わたしさえアランへの気持ちを断ち切れば……」

思うのは容易《たやす》いけれど、いざ行うとなると難しい。

感情抜きで考えれば、フェルナンの申し出を受けるほうが現実的だ。

けれど心はそう単純にはいかない。

「どうすればいいの……」

時間が経つにつれてグレースの心は千々に乱れる。

「お嬢様、起きていらっしゃいますか？」

扉の外にテッサがきていた。

グレースは寝不足でやつれた顔に無理やり笑みを貼り付けると、大きく深呼吸してから扉を開ける。

「どうかしたの？」

「それが、さきほど奥様が倒れられて」

テッサが言い終わる前に、グレースは部屋を飛び出した。

急いで部屋に駆けつけると、母は真っ白な顔で横たわっていた。

「奥様は眩暈を起こされたようです」

母の隣には、その夫と老医師の姿があった。

「倒れたのが、伯爵の検診のときで良かった」

老医師は聴診器を外すと、重々しい声で伯爵に忠告する。

「ベッドで休ませて、なるべく動かさないようにしてください。体を温めて、しばらくは食事もここで摂るように」

「ああ、わかった」

とりあえず流産したわけではなさそうだ。

グレースがほっとしていると、老医師の言葉が胸を貫く。

「母体に心労をかけてはいけません。胎児が安定するまで穏やかに過ごすのが一番です」

伯爵は鷹揚に頷くと、妻の手を握った。

「なぜもっと早くに打ち明けてくれなかったんだ」

「だって無事に生まれてくるかわからないのよ」

「大丈夫。どんなときも私が支えになる」

「あなた……」

ふたりは互いに手を取り合い、微笑みを交わす。

そこには辛い過去もいっしょに手を取り合って乗り越えてきた夫婦の絆がある。

それを見たグレースはもう迷うのを止めた。

いまのじぶんが選ぶ道はひとつしかない。

グレースは母の容態が落ち着くのを待って、フェルナンから求婚されたことを告げた。

＊＊＊

公爵邸を訪れると、玄関ホールでフェルナンが待ち構えていた。

「そろそろ来る頃だと思っていたよ」

男の唇に勝ち誇った黒い笑みが浮かんでいる。

それを見た瞬間、じぶんの決断に後悔と屈辱を感じたが、いまさら引き返すことはできない。

グレースは感情を押し殺して、淡々と告げた。

「あなたの提案を受け入れます。だから例のものをわたしにください」

「わかった……と、言いたいところだけど」

男はこれ見よがしにジレのポケットを叩いて見せる。

「これを渡すのは、君と結婚して、ふたりの子供ができたときだ。それまでは保険として、俺が大切に預かっておくよ」

　どこまでも食えない男だ。

　フェルナンはグレースの手を取ると、これ見よがしに甲の上にキスする。そこから男の毒が全身にまわるようで背中に怖気《おぞけ》が走った。

　身も心も目の前の男を拒絶しているのに、卑劣な手を振り払うことは許されない。

「君の気持ちが変わらないうちに公爵と伯爵のところへ報告に行こう。伯爵への挨拶はそれからだ」

　それを聞いて、グレースはきっぱり言い捨てた。

「あなたとは結婚します。けれど婚約期間を設けてください」

　フェルナンの片眉がぴくりと反応する。

「へえ、思ったより賢いな。そうやって時間稼ぎをするつもりだな」

「……っ」

　男はグレースの考えなどお見通しだと言わんばかりに嘲笑う。

　皮肉にも男の指摘は当たっていた。

　婚約は、グレースのせめてもの抵抗だった。

　婚約期間として一年もあれば、そのあいだにアランの記憶が戻る可能性がある。その頃には母も出産して、その子が男児であればフェルナンの野望も阻止できる。

いまは変えられなくても、一年後には良い解決策が見つかるかもしれない。

そうでなければ男を信用させて、彼から十字架を奪うまでだ。

「まあ、いいだろう」

グレースの考えに気づいたフェルナンに拒否されると思ったが、彼は思いのほかすんなりとグレースの条件を承諾した。

彼がグレースの母の妊娠を知らないせいだろう。

「アランの記憶が戻ったところで、十字架の効果が変わるわけじゃない。十字架を持ち出して騒ぎ立てれば、噂は勝手に広まるし疑いの目からは逃げられない」

フェルナンはグレースの背中を壁際に押しつけると、脅しつけるように言った。

「たとえ公爵の地位は得られなくても、君とアランの結婚だけは絶対に阻止する。俺を殴ったことを後悔させてやる」

これは復讐だと、昏い目が語っていた。

「いいな。俺を裏切るんじゃないぞ」

「……ええ」

ぎこちなく頷くと、フェルナンがグレースの腕を摑んで公爵のいる書斎へと向かう。

そこでグレースは、不運は重なるものだとつくづく思い知らされた。

こんなときに限って、公爵のところにアランがいる。

突然連れだって現れたグレースたちにアランは険しい顔をした。

「いったい何事だ？」

公爵に問われたフェルナンは、はしゃぐように答える。

「お邪魔して申し訳ありません。ですがあまりに喜ばしいことなので、ぜひお世話になっている公爵にご報告したいと思いまして」

フェルナンはアランを見据えると、勝ち誇ったように大仰《おおぎょう》に言った。

「じつは、グレースが私の求婚を受け入れてくれたのです。本来なら婚約期間を一年おくべきですが、彼女が待てないというので三か月後には式を挙げたいと思います」

「え……」

グレースとアランは同時に声をあげた。

狡猾な男はグレースに油断させて、まんまとじぶんの策略に乗せたのだ。

「それはまた急な話だな」

公爵は面食らったように瞬きをした。

「これもアランのおかげなんです」

フェルナンはすらすらと嘘を積み重ねていく。

「彼が不在のあいだ、寂しがるグレースと親しくするうちに、自然と私たちは愛し合うようになりました。彼女がここを訪れないときは、外で落ち合いふたりで愛を語り合ったものです」

「そういえば、君はよく外出していたな。あれはグレースと会っていたのか」

嘘に事実をまぶすことで、フェルナンの嘘がより真実味を増していく。

グレースは彼の狡猾さを見せつけられて、いまになってじぶんの判断を後悔した。

悪巧みに関しては、彼のほうが一枚も二枚も上手だ。そんな男から十字架を奪うことなど到底できそうもない。

これではじぶんから罠に飛び込んだ獲物も同然だ。

「本当にフェルナンと会っていたのか？　僕がいないときを狙って？」

いやに冷めた目をしたアランが顔色を変えずに聞いてくる。

彼のそんな表情を見たのは嵐の晩以来だ。本気で怒っているときほど、アランの顔からは表情が消える。

グレースはアランの怒りを感じて顔色を失くす。

「ごめんなさい」

すべてを打ち明けられない以上、謝罪するしかない。

アランの瞳に失望の色が浮かぶ。

公爵に発表した以上、三か月後にはフェルナンと式を挙げなければならない。そうしなければアランの立場が危うくなる。

「……フェルナン、報告が終わったのならそろそろ失礼しましょう。わたしの両親も、あなたが挨拶に来るのを待っているわ」

いたたまれずに逃げ出そうとすると、フェルナンがアランに見せつけるようにグレースの肩を抱いた。

「俺の天使。そんなに照れなくてもいいじゃないか。さあ、いつものように俺にキスしてくれ」

あ然としていると、フェルナンの目が早くしろと圧力をかけてくる。脅しのつもりなのか、ポケットの上から弟の十字架にまで触れさせる。

グレースは悪魔に魅入られた花嫁の気分で、男の頬にキスしようとした。

だがフェルナンは巧みに体の向きを変え、そのキスを唇へのキスに変えてしまう。

「……っ……」

アランたちが見ている。そう思うだけで、羞恥と動揺で頬が熱くなる。端から見れば、初々しい恋人の反応にしか見えないだろう。

どこまでも卑劣な男だ。生まれついての悪党には到底敵いそうもない。

うかつにフェルナンの手を取ったせいで、グレースはどこにも引き返せないところへ堕ちた気がした。

「ん、ん……っ」

立場的にグレースが抵抗できないのを承知で、フェルナンはアランの前でキスを続ける。

「止めろ」

低い声がして、アランがグレースたちのあいだに割って入る。

「グレースに触れるな」

ぞっとするような声だった。

「二度とグレースに近づくんじゃない」

アランはフェルナンからグレースを奪い返すと、その両肩をきつく摑んだ。

いつもなら嬉しいはずの包容がいまは苦痛でしかない。

肩を摑む指から、彼の怒りが伝わってくる。

フェルナンは氷のように冷ややかなアランの視線を浴びて、わずかに怯む。

「そ、それはこっちの台詞だ。俺たちは婚約するんだ。邪魔をしないでくれ」

「僕は認めない」

フェルナンを睨みつけた目で、アランがグレースを見下ろしてくる。

「言ったはずだ。君は僕のものだと」

ふたりのあいだに挟まれて、グレースはただただ萎縮してしまう。

「行こう、グレース」

外に連れ出されそうになるが、いまはここを離れるわけにはいかない。

泣きだしたいのを我慢して、アランの体をそっと突き放す。

「グレース……？」

信じられないものでも見るようにアランが目を瞠る。

それを見て、フェルナンが嘲笑った。

「これでよくわかっただろ。グレースが選んだのは俺だ。彼女がお前にやさしくしていたのは、たんに幼馴染みへの同情にすぎないんだよ！」

「……っ」

アランの顔から表情が消える。怒りと絶望にまみれても、彼は美しかった。

最後に見る恋人の姿がこんな表情だとはあまりにも悲しい。

「行くぞ、グレース。これから伯爵家に行って結婚式の日取りを決めよう」

差し出された手を、グレースは緩慢な動きで取ろうとした。

「だめだ。グレースは誰にも渡さない」

アランはフェルナンを突き飛ばし、再度強引にグレースの腕を摑むと、猛然と歩きだした。

扉が大きく開け放たれ、すれ違う使用人たちが何事かと見送る。

「ま、待って、アラン」

足を縺《もつ》れさせながら、グレースは懸命に歩調を合わせようとした。

「グレース行くな！　早く戻れ！」

背後でフェルナンの怒声が響く。

その声を耳にした途端、グレースはアランといっしょに駆け出していた。

あとでフェルナンのもとへ戻ることになっても、いまだけはアランのそばにいたい。すべてを話せなくても、彼にはちゃんと別れを告げておきたかった。

＊＊＊

夕闇迫るラ・ヴェールの森をグレースとアランはひたすら歩き続けていた。

小径から獣道へ入ると、ドレスの裾が下草を揺らし、虫たちが逃げ出していく。

公爵の書斎を出てから、三時間以上は歩き続けていた。

いますぐフェルナンのもとへ帰るべきだと理性が警告してきたが、握られた手の力強さと勢いに流されてグレースは森を歩き続けていた。

散々悩んだ末にフェルナンとの結婚を決めたはずなのに、心はやはりアランのほうを向いてしまう。

恋は理性だけでは制御できない。一度恋に落ちれば、じぶんでも思わぬほうに流されてしまう。

それならいつまでもアランのそばにいたい。愛しているのは彼だけだ。

けれど、進めば進むほど険しくなる山道のように、じぶんたちを待ち受けているのは厳しい現実でしかない。

このまま夜を迎えても必ずどこかで行き詰まる。引き返すならいましかない。

「戻りましょう、アラン」

グレースは息を切らしながら、先を行く男に訴えた。

「いまなら謝罪だけで間に合うわ」

けれど男は聞く耳を持とうとしない。

歩みを止めるどころか、頑なに森の奥へと突き進もうとする。

「早く城に戻りましょう」

そこでようやく男は足を止め、振り向きざまに言い放った。

「僕は誰にも謝罪するつもりはない。あんな男に君を渡すものか」

「……渡すもなにも、わたしはフェルナンと婚約するのよ」

「許さないと言ったはずだ！」

そばにあった大木をアランが殴りつけると、そこにいた鳥たちがいっせいに飛び立った。

「僕を愛していると言ったのに、どうしていまさらあんな男を選ぶんだ！」

羽音に混じって、彼の怒声があたりに響く。

「それは……」

言葉にできないのはアランを傷つけたくないからだ。

「本気であいつのことが好きなのか」

「……」

「僕を……嫌いになったのか？」

男の顔が苦悩で歪む。

嫌いになれたらどんなに楽だろう。グレースは黙り込む。

夕陽を浴びたアランの瞳は憤りに燃えていた。

怒りに煌めく朱金の瞳は、夜空を焦がす火の粉のように美しい。

そんな彼からすれば、いまのじぶんは心変わりした薄情な女にしか見えないだろう。

アランに十字架のことを打ち明けようと、何度思ったかわからない。

それでも思い留まったのは、それを知らせてしまうと、アランが真相をたしかめるために、無自覚に封印している記憶と向き合わないといけなくなる。

思い出せないということは、きっと思い出したくない記憶なのだろう。

川でアランのの混乱を思うと、そんな辛いことを無理強いさせたくはない。

要はあの十字架さえ表に出なければ、誰もアランをクリストフだとは思わないだろう。

十字架が真実を語るのではない。十字架を見た人々が、勝手に真実を作り出すのだ。

それを巧みに操るフェルナンの手にかかれば、たんなる疑いも黒い事実に変えられてしまう。

そうはさせない。アランを守るためには、アランを裏切るしかない。

グレースは複雑にせめぎ合う感情を抑え、淡々と別れの言葉を口にした。

「フェルナンと結婚したほうが幸せになれるって気がついたの」

偽りの告白にアランの表情が消えていく。

「だからフェルナンと結婚を決めたの。彼はとても……やさしい人だから」

じぶんを裏切る言葉を吐けば、それは刃となってグレースに返ってくる。

「俺は信じない。信じたくない」

アランはそう吐き捨てると、嫉妬と憎悪に突き動かされたようにふたたび前を歩きだした。

「アラン」

今度は呼びかけても完全に無視されてしまう。

長時間の移動で体力も限界に近い。疲労で頭は働かず、グレースはアランの手に引きずられるまま機械的に足を動かしていた。

陽が傾くにつれて風が出てきたが、男の頭を冷やすまでには至らない。

やがて猟師小屋らしき建物が見えて、アランはその扉を開けた。

この小屋は狩りの季節になると、猟師たちの寝泊まりに使われる。

いまは人気のない小屋に入っていくと、迫る夕闇に急かされるように、アランが暖炉に火を熾《おこ》そうとした。

逃げ出すならいまがチャンスだが、疲労のあまり動く気力が湧かない。

結局グレースは身の置きどころがないまま、壁際の薪の上に座り込んで、アランの作業をぼんやり眺めていた。

夜になれば森の気温はぐっと下がる。汗の引いた体から熱がどんどん奪われていく。

外の闇は小屋のなかまで浸透して、互いの姿さえ見えなくなる。

ようやく火が熾ると、アランは疲れ果てて動けないグレースを暖炉脇のベッドまで移動させた。

火のそばは温かい。グレースが指をかざすあいだも、アランは小屋のそばを流れる川まで水をくみにいき、置いてあった鍋で湯を沸かした。

風が強まっているせいか、建て付けの悪い小屋の建具がカタカタと音を立てている。

しんと静まる小屋のなかで、薪の爆ぜる音だけがいやに大きく耳に響いていた。

アランは向かいの壁に凭《もた》れかかったまま、なにかを考え込むようにして暖炉の火を眺めている。

とても話をするような雰囲気ではない。

湯を飲んで温まったせいか、ひどくつま先が痛む。

グレースはドレスのなかで靴を脱ぐと、むくんだ足の指をこっそりと動かしていた。

するとアランが近づいてきて、いきなりドレスの裾をめくりあげた。

「アラン、なにするの？」

「痛むんだろう」

アランは凝り固まったグレースのふくらはぎを片方ずつ丁寧に揉んでいく。

熱い手で丹念にほぐされると、怠《だる》さがすっと遠のいていった。

無愛想な態度とは裏腹に、グレースに触れる手つきは驚くほどやさしい。

もしかしたら、時間が経って彼の怒りがおさまったのかもしれない。

冷静になっているのなら、もう一度城に戻るよう説得してみよう。でなければフェルナンがどういう行動に出てくるかわからない。

このままふたりで夜を過ごすとなると、十字架の件を公爵に話してしまうだろう。

「お願いよアラン、妙な噂が立つ前に公爵家に戻りましょう」

「妙な噂？　未婚の令嬢を連れて逃げたってことか？　それなら僕が責任を取る。あいつとの婚約はやめて僕と結婚すればいい」

けれど、フェルナンとの結婚は契約だ。

彼が望むものを与えなければ、フェルナンは大勢の人を巻き込んで、十字架を使ってアランに復讐しようとするに違いない。

施療院や火祭りのときから、フェルナンはアランのことを何度も陥れようとしていた。そのフェルナンに、グレースとアランがじつは双子の姉弟だと騒ぎ立てられでもしたら、今度こそアランは身の破滅だ。

じぶんたちがどんなに愛し合っていると訴えても、周囲は結婚どころか交際すら許さないだろう。

「わかったわ。ひとりで戻る」

最悪の事態を想像して、グレースは急いで靴を履くと外の闇へと飛び出した。

運悪く強風に混じって大粒の雨が降りだす。

ひとりで帰るには最悪の状況だ。けれどこのまま留まるわけにもいかない。

「待つんだ、グレース」

闇雲に歩きだしたものの、小屋の灯りが届かなくなると、すぐに道を見失う。

上も下も、右も左も。どこもかしこも黒に染まって方向が摑めない。

「わかっただろう？　こんな雨のなかを移動するのは危険だ」

すぐにアランに追いつかれ、グレースは腕を摑まれる。

「だけど帰らないとフェルナンが……」

「そうか。そんなにあいつのところに戻りたいのか」

ぞっとするような低い声。

次の瞬間、アランの態度が豹変する。

「来るんだ、グレース」

軽々とグレースの腰を肩に抱え上げたかと思うと、無理やり小屋に連れ戻された。

「やめて、下ろして！」

アランは抵抗するグレースをベッドと暖炉の前の床に立たせた。

グレースは隙をついて逃げようとするが、すぐに行く手を遮られる。

狭い空間は険悪な空気に包まれて、束の間ふたりは睨み合うように対峙した。

ほんの数分、外へ出ていただけなのに、ふたりともびしょ濡れだった。

アランの前髪から雨の雫がぽたぽた落ちるのを見て、いつかの夜を思い出す。

あのときと決定的に違うのは、以前はグレースの愛を求めていた眼差しが、いまは苛立たしげに激しい炎を燃やしている。

アランはなにも言わずに着ていたシャツを脱ぎ捨てると、今度はグレースのドレスに手をかけた。

「な、なにをするの……」

怯えて数歩あとずさるが、狭い小屋ではすぐに壁へと行き当たる。

グレースは抵抗したが、男の力には到底敵わない。

あっという間にドレスを剝かれ、粟立つ首筋にアランの唇がきつく押し当てられた。

「……っ」

アランの唇は冷えた体に熱を与える。

そこは以前フェルナンに痕をつけられた場所だ。

アランはむきになって、おなじ場所にじぶんの印を刻もうとする。

「ほら、ひとつできた」

アランは意地悪く笑うと、また別の場所にきつく吸いついた。

「い、痛いわ、アラン」

首筋から鎖骨にかけて、濃淡のある花びらが幾つも散る。

「どうしてこんなこと……」

グレースは泣きそうになる。これでしばらくは胸もとの開いたドレスを着ることができない。髪もアップにはできないし、なによりフェルナンに見られてはまずい。

フェルナンはじぶんの出自のことが関係しているのか、森に攫ったときからグレースが処女かどうかを気にしていた。

それなのにこんな痕をつけて戻れば、婚約は白紙になるかもしれない。それはグレースも望むところだが、そうなっては十字架の秘密が守れない。

「お願いだからもうやめて」

「いやだめだ」

グレースの懇願をアランはきっぱり拒絶する。

「君は誰にも渡さない」

グレースは腕を摑まれ、壁際から暖炉のところまで引きずられると、そのままベッドの上に押し倒された。

「……っ」

すぐさまアランに唇を奪われると、乳母の言葉が思い出される。

――いまに天罰を受けますよ！

キスの相手が弟なら、間違いなく罰を受けるだろう。いまにも小屋に雷が落ちて、無残に焼け死んでしまうかもしれない。

グレースは怖ろしくなって、男の唇から逃れようとする。

だが抵抗すればするほどキスは深まり激しさを増す。

「っ、ん……ぁ……」

「覚えているよね？　僕とのキスを」

細い手首をシーツの上に縫いつけて、男の舌が口腔へ深く忍び込む。舌は器用に蠢いて、グレースの舌を無理やり動きに応じさせた。

「ん、……っ……あ……」

いけないと思うのに、男のキスに流されそうになる。

アランに愛されていた記憶が心と体を揺さぶって、キスだけで軽く達《い》ってしまいそうだ。

「そうだよグレース。もっと舌を絡ませて」

「ん……っ……は、……ぁん……」

少しずつ角度を変えながら、逃げ惑う舌をアランが追い詰め翻弄する。

「あ……」

透明の蜜が唇を濡らし、粘着質な水音を漏らす。

「や……ぁ……」

「嫌？　本当に？　僕のキスでこんなに感じているくせに、それでもまだあいつのところに戻る気か？」

べつに戻りたくて抗っているわけではない。

いますぐキスを止めないと、彼の身に災いが起こりそうで恐ろしい。

「お願いだからキスはやめて……」

泣きながら懇願すると、男の顔が凍りつく。

「そんなに僕のことが嫌いなのか？　その唇で僕を好きだと囁いておきながら、今度はおなじ口で僕のことを拒絶するのか？」

アランはじぶんの右手に唾棄すると、その手を乾いた秘所に塗りたくる。

「そんなにキスが嫌なら、違うものをくれてやる」

アランはグレースの口に指を押し込むと、その指をしゃぶらせたあと、扱《しご》くように自身の欲望にその唾をたっぷりと塗りつけた。

「グレースは誰にも渡さない」

アランは嫉妬のままに、グレースの脚のあいだに腰を進め、強引に一線を越えようとする。

グレースの花唇に男の亀頭が圧を加え、青ざめたグレースは悲鳴に近い叫びをあげた。

「だめよ、アラン！　そんなことをしたら後悔するわ」

「いや、君を抱かないほうが後悔する」

「だけどあなたは……クリスかもしれないのよ！」

「な……っ」

ざぁっと雨の勢いが強くなる。

驚愕で固まる男に、グレースは首にかかるじぶんの十字架をかざした。

「サーカスに捕まったとき、あなたもこれとおなじ金の十字架を身につけていたの」

「え……」

アランは困惑の表情を浮かべる。

「どうしてあなたがクリスの十字架を身につけていたの？　もらったときの記憶はあるの？　覚えているなら話をして！」

矢継ぎ早に答えを求めると、アランは頭を抱えて苦悶の表情を浮かべた。

「わからない……思い出せない……」

予想通りの反応に、もしかしたらという期待もあっただけに落胆が大きい。

「あなたが誰なのかはっきりしないと、わたしたちが結ばれることはないの。だって姉弟《きょうだい》なら結婚なんてできないのよ」

それを聞いたアランがはっと息を呑む。

「だから僕を捨てて、フェルナンと婚約しようとしたのか？」

グレースは頷き、これまでのことを打ち明けることにした。

でないと男の暴走を食い止めることができない。

「フェルナンはあなたが身につけていた十字架を持っているの。そのことを世間に公表されたら、いま聞いたのとおなじ質問の答えをみんなに求められるのよ」

「僕は……」

「わかってる。あなたは覚えていないんでしょう。だからわたしはフェルナンと婚約したの。そうすれば十字架の件は秘密にすると、彼が私に約束したから」

「それは脅迫とおなじだ」

アランの顔が憎悪に染まる。

「あいつが公表したいなら好きにすればいい。十字架があるからといって、僕がクリスと決まったわけじゃない。聞かれても、僕がきっぱり否定すればいいだけだ」

「だけど、あなたには記憶がないんでしょう？」

黙り込むアランにグレースは不安を打ち明けた。

「わたしは怖いの。弟かもしれない相手とキスやそれ以上のことをするなんて。そんなことをしたら十年前のように、あなたの身になにかが起きるかもしれない」

じぶんだけが罰を受けるなら、グレースは罪を犯す覚悟がある。

でも乳母に禁じられたキスをしたとき、災厄はグレースではなく弟や幼馴染みに降りかかった。

またおなじことが起きるなら、みずから愛する人を手放したほうがましだ。

「わかって。わたしはあなたを不幸にしたくないの」

男に組み敷かれたまま、グレースは切々と訴える。

「この件が公になれば、お互いの家族が苦しむことになる。わたしたちの愛を貫くには、払う代償が大きすぎるのよ」

「だから君を忘れろというのか？　他の男にグレースが抱かれるのを黙って見てろと？冗談じゃない！」

感情が迸るほどに、眼差しにすごみが増していく。

「本気で愛し合っているのに、どうして僕たちが、証明できない問題の犠牲にならないといけないんだ」

行き場のない怒りが、暖炉で燃える薪のように熱く爆ぜる。

「どうしようもないわ」

先に悩み抜いたグレースはすでに諦めの境地でいた。

聞き分けのない子供みたいにアランがだだをこねる。

「僕は嫌だ」

「絶対にグレースと別れない」

そう言ってアランは事態を強引に乗り切ろうとする。

神父が舌を巻くほどの知性を持ちながら、なぜかグレースのことになると、アランは途端に聞き分けがなくなる。

「だけど考えてみて。わたしたちが結婚できたとしても、そのあとでクリスだとわかったらどうするの？　きっといまとおなじ気持ちのままではいられないわ」

「いや、絶対に変わらない」

アランは揺らぐことのない感情をグレースにぶつけてくる。

「じぶんがクリスだとわかっていても、君への想いは変わらない。疑うなら、いますぐそれを証明してみせる」

「あ……っ」

男は開き直ったように、ふたたびグレースを組み敷いた。今度は明確な意志でもって、か弱い抵抗を押さえつける。

「僕が誰だろうと、君への気持ちは変わらない。僕が愛するのはグレースだけ。だから絶対、君を他の男に渡したりはしない」

「んっ……」

男はなんの躊躇いもなくグレースに口づけた。

「やめ……っ……ふ……」

角度を変え、緩急を加え、何度も何度もキスを繰り返す。

「ぁ……、ん……ふっ……くる、し……っ……」

あまりの激しさにグレースが喘《あえ》ぐと、そこに肉厚の舌が潜り込んで口腔を犯した。

「ふ……っ、ぁ……」

「もう決めたんだ、君を僕だけのものにするって」

淡々と呟く男の声に昏い情念が宿っている。

彼は本気で一線を越えるつもりだ。

逃げなきゃ。

グレースがじりじり後退ると、細腰を掴まれ、難なく男のもとまで引き戻される。

「抵抗しても無駄だ」

逃げた罰だと言わんばかりに、アランが白い乳房に齧りついた。

「やぁ……っ……ぁ……」

寒さで縮こまっていた胸の先端を男が丹念に愛撫する。胸の尖りは唇で吸われたり、舌で嬲られたりするうちに、徐々に形を変え始め、痛いほど張りつめ硬く凝《こご》った。

「だめよ、こんなのだめ……っ」

男の下から逃げ出そうとグレースは体を捻《ひね》るが、巧みに圧をかけられて、次第に動きを封じられてしまう。

「こんなの間違ってるわ」

「いや、間違ってるのはグレースのほうだ」

アランはグレースの膝裏に手を添えると、脚を大きく開かせて、密かに息づく花唇の中央に顔を埋めた。

「ひ、ぃ……っ……」

敏感な秘所に男の息がかかる。アランはわざと音を立て、肉襞を味わう。

「ん……ふぅ、……や、ぁ……」

焦らすように舐められて、秘裂の狭間を舌が出入りする。はじめ男の粘液を浴びた媚肉は男の愛撫で次第に蕩《とろ》け、透明な蜜をみずから零し始めた。

「ん、甘ぃ……」

蜜を舐めとる舌の感触に、触れられてもいない胸の尖りが硬く凝って反応する。

「やぁ……そこ……舐めな……ん、……」

「嘘はだめだよ。さっきからひくついて僕のこと欲しがってるくせに……」

「ちが……っ、……そんな……あぁ……っ……」

媚肉の狭間に指を入れられると、新たな刺激に蜜口が震えた。

「は……ぁ、ん……」

男の舌が敏感な肉粒を探り当てる。指の抽挿と同時に肉芽まで責められると、グレースは腰をくねらせ悶絶した。

「ひ、ぃあ……っ、ぁあ……やめ、そこ…………や、ぁ……」

刺激を逃がそうと腰を浮かせば、男にがっちり抱え込まれ、淫らな蜜をだらだらと零す。

体には彼の愛撫を刷り込まれているから、蜜孔がひくひくと喜びに蠢いた。

「見てごらんよ。グレースと違ってここは正直だね。僕が舐めると可愛く反応するんだ」

花唇への口づけを繰り返しながら、伸ばされた右手が張りつめた胸を揉みしだく。

「……う、ぁ……ん、ん……っ……」

罪の意識も凄まじいが、アランが与える刺激はそれ以上だ。

「ぁ、ひぃ……っ……」

肉芽を指でつままれて、グレースはたまらず声を漏らす。

一本、二本と蜜孔に指が増やされて内壁を徐々に拡げていく。男はそこから零れる蜜を美味そうに啜りながら、増やした指を前後してさらなる快感を与えようとした。

「ひ……っ」

執拗に攻められると、あまりの刺激に眩暈を覚える。

「も、だめ……だめなの……やぁ……ん、ん…………や、……ぁあ……」

グレースの思考は鮮烈な快楽に冒されて、高まる刺激をやり過ごすことだけにとらわれてしまう。

「嵐の晩に抱いておけばよかった」

アランの声に混じって、一段と激しくなった雨音が耳に流れ込んでくる。

「記憶を取り戻せないことに苦しんだ日もあるけど、いまはもうそんなことはどうでもいい」

獰猛な双眸がはっきりと獲物の姿を捉えていた。

達する寸前に指を抜かれた蜜孔は、なにかを待ちわびるようひくひくと喘いでいる。一度弾みのついた体は、容易には冷めない。

突然取りあげられた快楽にグレースは身悶えした。その姿に男は劣情を煽られる。

「可愛いグレース。いま僕だけのものにしてあげるよ」

愛撫で慣らされた秘所に、猛る欲望が迫っていた。アランはごくりと喉を鳴らし、グレースの膝を抱え直す。

陶然としていたグレースは言葉の意味に気づくのが遅れた。

「ひ……っ」

脚のあいだに灼熱が走る。

いままさに膣孔を犯しているのは、信じられないほど太くて長い、なにか別の生き物のような男の欲望だ。

「だめっ、だめよ」

グレースは顔を引きつらせ、何度も首を横に振った。

とうとうじぶんたちは一線を越えてしまったのだ。

「ひっ……あぁ……っ」

丹念にほぐされた膣孔のすべりを借りて、男の欲望がさらに奥へと押し入ろうとする。

狭隘な蜜口はこれまで経験したことのない異物の質量に抵抗を見せるが、男の陰茎は臆せずに肉襞を穿ち、蜜孔を拓こうとする。

みちみちと狭い内壁を獰猛な雄が荒らしていくのを、グレースは為す術もなく受け入れていた。

「グレース、もっと力を抜いて」

そんなことを言われてもどうしていいのかわからない。グレースは涙を零しながら男の体にしがみつく。

「も、抜いて……」

「まだだめだ。君の全部が欲しいんだ」

「ひ、……ぃ」

ついに男の欲望がグレースの胎奥に到達した。

破瓜《はか》の痛みと圧迫感にグレースは喘ぐこともできない。

「想像以上だ……狭くて、でも気持ちいい……」

感極まったように男が身震いすると、なかの怒張も呼応する。

「グレース……！」

「あ、ぁあ……っ、…………」

男は憑《つ》かれたように抽挿を始めた。

「あっ、あっ、あっ……」

肉笠が媚肉を貪りながら、内壁を擦りたてる。貫かれた瞬間の鋭い痛みは消えていたが、腹の奥の圧迫感はなくなるどころかますます強くなっていく。

「ぐ……ぅ……」

「わかる？　君のなかに僕がいるんだ」

「……ん……っ……く……ぅ……」

夢中で腰を振りながら、男はグレースの上で小さく呻《うめ》いた。

「渡さない。絶対誰にも渡すものか。グレースは僕だけのものなんだ」

はぁはぁと男の息遣いが荒くなり、律動の間隔も狭くなる。

「あ、っ、あっ……あっ、ぁあ……」

男に突かれるたび、じぶんでも初めて聞くような声が押し出される。それは砂糖菓子のように甘く、男をますます夢中にさせた。

「くっ……ぁあ……すごい……すごいよ、グレース……」

熱病に浮かされたようにひたすらに膣孔を穿っていたアランが、ふいに冷静を取り戻して、ぞっとするほど不遜な笑みを見せる。

アランは酷薄に笑うと、二、三度身震いしてから、

「あぁ……」

と、長いため息を吐いた。

まさかと思っていると、秘裂の隙間から熱いものが溢れてきた。アランは言葉通りに、グレースを完全にじぶんのものにしたのだ。

胎内に出された白濁は彼の印。所有を表す残滓が体の奥まで満たしている。

「どうして……」

長い陵辱から解放されたグレースは力なく天井を見上げていた。

ようやく解き放たれた安堵のあと、込み上げてきたのは後悔と罪の意識だった。

でもこれで終わりにできる。

望んでいた形ではないが、一度は愛する人に抱かれたのだ。今後はこれを想い出にひとりで生きていけばいい。

「ああ、やっぱりだめだな」

蜜口からいったん引き抜いたじぶんの欲望を見て、アランが呆れたように自嘲する。

「やっぱり一度じゃおさまらない」

「え……っ……」

閉じかけていた媚孔に、萎《な》えない屹立が戻ろうとする。

「待って、もう気が済んだでしょう？　これ以上はもう許して」

グレースが懇願すると、アランは肩を竦めた。

「だめだよ。そうやってグレースは僕とのことを一夜限りにするつもりなんだ。悪いけどそうはさせない」

男の瞳が愉悦に煌めく。彼の執着はまだ終わらない。

「今日も明日も、毎晩だって君を抱く」

「あ、う……っ……」

二度目の抽挿は白濁と蜜をかき混ぜるように、滾ったままの欲望が激しく動く。一度拓いた蜜孔は二度目の異物をすんなりと受け入れ、卑猥な音でグレースの耳まで犯した。

「あん、あんっ……」

疼痛や圧迫は遠のいて、なにか得体の知れない感覚がグレースを襲う。

「あっ……いぃ……どうして……ぁ……あ、あ、あっ……」

脈動する肉棒に未知の領域を暴《あば》かれて、眩暈のするような快楽の波にあっという間に攫われてしまう。

「ふふ、声がさっきと変わったね。ここが気持ちいいんだよね」

角度を変えて、膣孔の奥を執拗に責められると、グレースは男の欲望を締め上げてみずからも快感を搾り取ろうとする。

たった一度の交わりで、アランはグレースの体を完璧に熟知したようだ。より感じる箇所を抉りながら、胸を愛撫し、唇を重ねる。

「っ、あぁぁん……っ……ぁ、あぁ………や、ぁ……っ……」

強引でも、愛する人に求められ激しく愛される悦びに、なにもかもが曖昧になっていく。

未婚のまま男とベッドを共にする後ろめたさも、相手が弟かもしれないという疑念も。

「愛してる、グレース」

男の一途な想いを前にすると、たしかな愛さえ感じられればそれだけでじゅうぶんな気がしてくる。

「あぁ……アラン……んっ、あぁ……」

「キスして、グレース」

男にせがまれ、その首に手をかけると、男は挿入したままグレースを膝の上に抱え直した。

「あ、ぅ……」

繋がったまま座位にされると、男の屹立が胎奥深くに届いてしまう。

「君のキスが欲しい」

もう一度囁かれて、グレースは蜜孔をひくつかせながら男の唇にキスをした。

彼女からの口づけに男は満足そうに目を細める。

「もっと欲しい。もっとしたい」

乞われるままにキスすると、男の舌が甘く絡んできた。

「ん……ふ……っ……ん……っ……」

口腔をゆるゆると愛撫されながら、両手が胸を包み、頂きの尖りを指で捏《こ》ねる。

「あ……う……、っ……は、ぁ……っ……」

さざ波のような愉悦が次から次へと押し寄せ、次第に高まる悦楽の波にグレースはゆっくりと溺れていく。

「もう動いてもいい？」

「ん……っ……」

グレースの尻たぶをじぶんの腰に引き寄せると、アランが腰を動かした。

「あ、っ……ん……あ、ん……あ、っ……」

下から突き上げる律動に、淫靡な蜜音が腰に響く。

「なかがうねって、すごいことになってるよ」

男は蜜孔の感触をたしかめるように、腰の抽挿を淫らに変化させ、膣襞の蠕動《ぜんどう》をうっとりと堪能していた。

「僕たちは相性がいいみたいだ。抱くたびに感度が上がっている」

「んっ……あん……ぁ、……」

上下に揺すられるたび、腰から下が麻痺したように痺れていく。胎奥では混ざり合った体液が媚薬のように作用しているみたいだった。

「っ……ん、ふ……ぅ……あ、あ、ぁあ……」

いま罪を犯しているかもしれないのに。小屋に濁流が押し寄せて、禁忌の罰が下るかもしれないのに。

「愛してるよ、グレース。だから僕だけを見て、僕だけを欲しがって」

必死に愛を訴える恋人をいまさら拒絶することはできない。もとからどうしようもなく惹かれ合っていたのだ。

この関係がもしも間違いなら、きっと明日には世界が終わる。そのときは彼でなく、じぶんを罰して欲しいとグレースは願う。

「僕のことを愛してる?」

「ええ、愛しているわ……」

どうせ世界が終わるなら、いまだけは恋人のままでいさせて欲しい。

「まだ欲しい?」

「ん……」

激しい雨のなか、グレースは何度も男の精を注ぎ込まれた。声が嗄《か》れて足腰が立たなくなっても、彼が求めれば、気を失うまでそれに応え続けていた。

＊＊＊

「ん……」

背徳の夜が明けてみれば、昨日の豪雨が嘘のように晴れ渡っていた。

あれほど禁忌を犯すことを怖れていたというのに、世界はなにも変わらない。

どちらの身にもなにも起こってはいない。

外は拍子抜けするほど明るい朝で、長閑《のどか》な鳥のさえずりすら聞こえる。

これは天啓なのかもしれない。彼は弟ではなく、やはりアランだったのだ。

そう思うと隣で眠る男の姿に、後悔よりも愛しい気持ちが湧いてくる。

愛する人と肌を重ねるということは、こんなにも満ち足りて、穏やかな気分になれるものなのだ。

「僕の顔になにかついてる？」

いつのまにか薄目を開けて、アランがこちらを見上げていた。

「な、なんでもないわ」

なんだか気恥ずかしくて慌てて背中を向けようとしたが、体のあちこちが強張って言うことを聞かない。

「う……」

小さく呻くと、背中越しに抱き込まれ、おはようと頬にキスされた。

「覚悟を決めてグレース。君はもう僕の花嫁だ」

アランはひじをつきながら上体を起こすと、グレースの顔を覗き込んだ。

「前に神父が言っていた。この世で愛に勝るものはないと。だから愛し合う僕たちを引き裂くものはない。無理して別れる必要なんてないんだ」

グレースはみずから唇を近づけて、男の想いを受け止めた。

「ん……っ……」

頭に手を置かれ、次第に深まる口づけにまたも心が満たされて、グレースは穏やかな愛欲に溺れていく。

いまはふたりだけの世界。ここにはじぶんたちを阻むものなど存在しない。

「グレース、キスして」

求められるままに、グレースは体の向きを変えて男の唇に迷うことなく口づけた。

「アラン」

見つめる瞳に怒りの色はない。彼の瞳には、愛を勝ち取った自信と情熱で煌めいていた。

「ん、ふ……っ……」

舌を絡ませながら乳房に触れる淫らな手が、昨夜の余韻を引き出そうと巧《たく》みに動く。投げやりとも違う。捨て鉢でもない。恐れを飛び越え、愛される悦びを知った心は、体を通して恋人の愛に応えようと素直な反応を見せていた。

けれど、この森を出ればそう簡単にはいかないだろう。ふたりの愛をどんなに訴えたところで、世間では疑惑の関係についてそう簡単には許さないに違いない。

アランもおなじことを考えていたのか、

「このまま森で暮らそうか」

そんな考えをぽつりと漏らす。

たしかに森でなら世間体や貴族社会も関係ない。

ふたり同時にいなくなれば、両親や神父、それにテッサが悲しむだろうが、時がくればいつか解決してくれるかもしれない。

「そうね、それもいいかもしれないわね」

ただの現実逃避だとわかっていても、いまはそれに縋《すが》っていたい。

「あ……っ」

硬くなったアランの屹立が濡れた花唇を撫でていた。

アランは舌で乳首をいたぶりながら、狙いを定めたように花唇の裂け目に亀頭をぐっと潜らせる。

まだ乾ききらない濡襞は、男の欲望を徐々に飲み込むとひくひくと蠢きながら、さらに奥へと迎え入れようとする。

たったひと晩で、グレースの体はより男の望む体に作り変えられてしまった。

「ねえ、どうしてほしい」

浅い場所で動きを止めて、男が試すように聞いてくる。

「ん……っ……」

グレースが恥じらって答えずにいると、男は腰を止めたまま、もったいぶるように胸を揉みしだいた。

「や……っ、胸……っ……」

昨夜から嬲られすぎた胸先はほんのり色を濃くして染まってじんじんと疼いている。

アランは小さく笑うと、赤く色づく乳首をそっと口に含みながらグレースを見た。

「どうして欲しいか言わないと、これはずっとお預けのままだよ」

浅く刺さった欲望を小さく動かすと、中途半端な刺激にかえって体を煽られる。昨夜何度もしたはずなのに、快感を知った体は条件反射のように次の刺激を求めてしまう。

「言わないのは必要ないからだね。じゃあ、これはもう抜いてもいいかな」

アランの腰が引きかけて、グレースはたまらず腰を揺らした。

「いや、意地悪しないで」

「じゃあ、どうして欲しいかちゃんと僕に伝えるんだ」

「……もっとして……もっといっぱいなかで動いて欲しいの……」

グレースは羞恥に肌を染めながら、媚びるような目で男を見つめた。

「ふふ、よくできました。良い子にはご褒美をたっぷりあげないとね」

アランは満足げに目を細めると、グレースに手と膝をつかせて前を向かせて、細腰に手を添え一気になかを貫いた。

「ぁああ……っ」

膨れた剛直が貪欲に肉襞を味わう。

「きつ……」

男は眉を顰めるが、白濁を注いだままの蜜孔はすぐに律動に馴染みだす。粘度を持つ互いの体液はすぐに攪拌《かくはん》されて淫音を響かせた。

「く、ぅ……んっ……ひ、ぁ……」

腰を激しく打ちつけられるたび、淫壁が男を締め上げる。グレースの花唇はアランの熱と質量をしっかりと覚えていて、彼が与える刺激を取りこぼすまいと収縮した。

「あぁ……君のなかはすごすぎる……油断してるとすぐにもっていかれそうだ……っ」

肉襞の圧に抵抗するように挿入を深め、最奥に届いた瞬間、ずるりと蜜口のあたりまで引き抜かれる。

そうやって男の剛直は秘裂に差しかかると、亀頭で内壁を擦りながらふたたび奥へと戻っていく。

「あっ、ひ……ぃ……あぁ、……あっ……ぁ、あ……」

激しい突き上げに体が震える。接合した媚肉が卑猥な音と蜜を垂れ流す。

「や……っ……も、ん、ん……っ」

グレースは激しく揺さぶられ、何度も喘いだ。

「もっと声を聞かせて」

深く繋がったまま体を起こさせると、アランは尻たぶに手を置いて、背後からよりいっそう激しく責め立てる。

「あぁ、……いぃ……あ、ぁん……」

グレースは甘い声をあげると、背中をぐっと仰け反らせた。

「も、……ぉ無理……だ、め……や、ぁ……あ、あぁ……」

アランは腰を動かしながらグレースの体を横向きに寝かすと、片脚だけを持ち上げた姿

勢で腰を振りたくる。

「っ……くそ……君が良すぎてどうにかなりそうだ……」

額に玉の汗を浮かべ、男が必死に耐えていた。

その姿に言いしれぬ愛しさが込み上げてきて、グレースは男の頬に触れようとする。だが一瞬早くそれに気づいたアランは体を折って、グレースにキスをねだってきた。

「アラン……、……っ、ふ、う……ん……っ、っ……」

キスを交わしながら揺さぶられていると、絶頂の波が押し寄せてくるのがわかる。

「あぁ、いい……いぃ……も、いく……」

「だったらいっしょに達こうか。僕も君のなかで達きたい」

「ん、っ……いっしょに……ぁ……は、あ……」

体を起こされ、抱き合った姿勢でずんずん動く。自重のせいでアランの屹立は胎の奥深くまで届き、刺激を送る。

「あっ、あっ、あっ、あっ……っ……い、……っあ、あ、あっ……」

「く……っ」

グレースが達したと同時に男が顔を歪めると、媚壁に白濁が迸った。

「はぁ、はぁ……」

グレースがアランの首に腕をまわしたまくたりと寄りかかると、彼は際限のない欲望でふたたび動き始めた。

「あっ、や……も……はぁ、はぁ、……あ……っ」

アランのグレースに対する飢えはきりがない。ようやく手にした最愛の人を余さず味わい尽くそうと、どこまでも貪欲に求めてくる。

それから丸一日、目覚めては愛を交わし、疲れては眠りに落ちた。

やがて空腹に耐えきれなくなると、小川まで水を飲みに行き、体液でどろどろになった体をアランに清められた。

小屋では火を熾せても、猟銃も持たないグレースたちには食料を調達する術がない。

「森に棲んでいたときのことを思い出せればいいけど……」

アランは見つけてきた両手いっぱいの木苺をグレースの口に運んだ。

それを分けて食べたところで、到底腹の足しにはならない。

お嬢様育ちのじぶんと、森での記憶を失ったアラン。

森に逃げ込めばなんとかなると思っていたが、実際暮らすとなると現実は甘くないと知らされる。

けれどこのまま小屋にいれば、やがて追っ手に見つかるだろう。

愛欲に耽っていたときはお互いがいればなにもいらないと思っていたが、体を満たしたあとにふたりを待っていたのは壮絶な空腹と今後の不安だった。

けれど、どちらからもそのことは口に出さない。出せば、現実に戻るしかない。

それを少しでも引き延ばしていたくて、グレースたちは重い体を引きずりながら小屋を離れた。

今夜もいっしょに過ごすなら別の寝床を見つけるしかない。

「六歳の誕生日に、俺とクリスは初めて狩りに連れて行ってもらった」

グレースの手を引きながら、アランが思い出話をする。

グレースは喋るのも億劫で、黙って聞き役にまわっていた。

「両家の通過儀礼みたいなもので、息子は父親といっしょに獲った獲物をさばいて、それをみんなに振る舞うんだ」

「そんなことをして怖くなかった？」

言葉少なに訊ねると、アランがふっと小さく笑う。

「君からすると残酷に思えるだろうけど、子供の頃は高揚感が強かった。狩りに成功すれば、一人前の男として扱ってもらえるし、仕留めた獲物を持ち帰ればグレースにも褒めてもらえると思っていた」

その頃から、グレースと男の子たちは別行動する機会が増えた。アランたちが狩りや乗馬に出かけると、グレースは部屋で刺繍を習ったり編み物をしたりして過ごしていた。

「あ……」

グレースが木の根に躓《つまず》きかけると、アランがそっと体を支え、倒木《とうぼく》の上に腰を下ろさせた。

「疲れただろう。少し休もう」

そう言いながら、アランは立ち上がったまま周囲を見渡した。

「グレースはここで待ってて。僕はちょっとその辺を見てくるよ」

「だったらわたしもいっしょに行くわ」

空腹で体力は限界だが、ひとりで残されるのは心細い。

「アランと離れたくないの」

「わかった。だったらいっしょに行こう」

アランはグレースのために歩調を緩めながら、ゆっくりと森の奥へと進んでいく。

手入れの行き届いた領内の森とは違い、ラ・ヴェールの森にはいびつな巨木が多く見られる。

グレースは歩きだして五分もしないうちに、やはり待っていればよかったと後悔し始めていた。

慣れないことばかり続いているせいか、さっきから体が重い。ドレスが生乾きだったために小屋を出たときは寒気を感じていたが、いまは喉の渇きを感じるほどに体が熱く火照っていた。

けれどじぶんからついて行くと言った手前、疲れたとは言い辛い。

グレースは重い体を引きずって、少し前を歩くアランに後《おく》れを取らないよう必死で足を動かした。

しばらく進むと、アランがなにかに気づいたように周囲に首を巡らせる。

「変だな。前にもここを通った覚えがある」

特徴のある巨木を前にアランが足を止めた。

「……あっちだ」

かすかな記憶をたどるようにアランがふたたび歩きだす。

しばらく行くと、大きな岩山にぶつかった。

「上に登るのは無理そうだな」

アランに倣《なら》い、ごつごつした岩肌に触れる。

岩山の壁はほとんど垂直に切り立っていて、素手では上まで登るのは難しそうだ。

「反対側を見てみよう」

アランが岩山に添って歩きだすが、グレースの足は地面に縫われたみたいに動けずにいた。

さすがにアランを呼び止めようと口を開きかけたが、唇が動く前に唐突に視界が揺れて、目の前が真っ暗になる。

「グレース？」

異変を感じたアランが背後を振り返る。

それを見ながら、グレースは体が大きく傾《かし》いでいくのがわかった。

「グレース……！」

大丈夫、心配しないで。

急いで駆けつけるアランにそう言って安心させたいのに、言葉にする前からくずおれてしまう。

いまになって天罰が下ったのだ。だけど祈りが通じたからか、今度はじぶんにだけ災厄が降りかかった。

よかった、アランじゃなくて。グレースは心の底からそう思う。じぶんならこのまま死んでも構わない。

数日とはいえ、好きな人に愛されたし、愛することもできた。

だからアラン、わたしが死んでも悲しまないで。わたしはあなたに愛されてとても幸せだったのよ。

遠ざかる意識のなか、グレースはそれだけを伝えようと必死で唇を動かそうとしていた。

＊＊＊

グレースは子供の姿でベッドに横になっていた。

傍らには、やはり子供時代のアランとクリストフが立っている。

「大丈夫、グレースはきっと元気になるよ」

陽に焼けたアランが白い歯を覗かせた。

彼はいつだって陽だまりみたいな匂いがする。

「ぼくがついてるから安心して」

プティグレースを抱き締めたクリストフがはにかんで笑う。

弟のクリストフは大人しく、子供にしては思慮深い。

たしかふたりは森で行方知れずになったはずだ。

「ふたりとも帰ってきたの？」

するとアランとクリストフは目を合わせ、声を揃えてこう告げる。

「ぼくたちはいつもグレースのそばにいる。だから忘れないで」

そう言ってふたりの体が白い光を纏いながら、ひとつの影となって消え去ろうとする。

「だめ、行かないで！」

グレースが慌てて呼び止めると、膨れ上がった光のなかに見覚えのある青年が現れた。

暗褐色の髪と、憂いを帯びた琥珀の瞳。

「あなたは誰？」

グレースは思わず問いかけてしまう。

これまではなんの疑いもなくアランと呼んでいた。

けれどよくよく見れば、目の前の青年にはアランとクリストフ、両方の面影が残っている。

「教えて、あなたは誰なの？」

もう一度問いかけると、青年が静かに告げた。

「僕は――」

彼の言葉はグレースの意識のもっと奥深く、そこに届いて静かに霧散《むさん》した。

＊＊＊

「お嬢様、気がつかれたのですか？」

「……テッサ？」

気がつくとグレースはベッドの上にいた。

「わたし、どうしたの？」

頭がずきずきと痛んで、うまく思考がまとまらない。

「お嬢様は高熱を出して、一週間近く寝込んでいたんですよ」

「一週間……」

ぼんやり言葉を反芻《はんすう》するうちに、森での日々がよみがえってくる。

「アランは？　彼はどこなの？」

姿が見えないことに不安を感じた。

なんだかとても嫌な予感がする。

テッサは悲しげな顔をして、グレースを落ち着かせようと水の入ったグラスを手渡した。

「アラン様は施療院に入られました」

「施療院？　それってまさかモレル院長の？」

「はい。アラン様はグレース様を連れ去ったことで、フェルナン様から神経症の疑いをかけられて施療院に入院させられたのです」

「そんな……」

よりによってモレルの施療院とは、健康な人間でも心を病んでしまいそうだ。

グレースはアランが囚われていたときのことを思い出して青ざめる。

「どうしてそんなことに？」

「フェルナン様が訴えない代わりに、婚約者を盗んだアラン様にしかるべき厳罰を望んだのです。それで公爵も仕方なく同意して……」

「そんな。アランはなにも悪くないわ。彼と逃げたのは、わたしの意志よ」

「ですが公爵も、アラン様になんの罰も与えないというわけにはいかないのです。いくら公爵のご子息でも、婚約予定の令嬢を連れ出したのですから騒ぎになれば叙爵の話もなくなってしまいます。だかこそ公爵はフェルナン様の訴えを聞き入れ、一時的な入院措置をとられたのです」

「それはいつまで？」

「さあ、そこまでは……」

「だったらいますぐ公爵に会わないと」

会って、アランに罪はないと伝えなければ。

すぐにでもベッドを抜け出そうとするグレースを、テッサが慌てて押し止めた。

「まだ動いてはいけません」

「だけどアランが……」

「いまさらお嬢様が庇ったところで状況は変わりません。フェルナン様は今回のことを承知の上で、伯爵夫妻にグレース様との結婚の許可を得ました。お嬢様の体調が回復次第、内々だけで式を挙げることが決まっています」

「結婚？　わたしはまだ婚約もしていないのよ」

「これはお嬢様の名誉を守るためです」

「わたしの？」

テッサは悲しげに頷く。

「アラン様は倒れたお嬢様を伯爵家へ運び込みました。その姿を捜索に関わった領民たちに目撃されています。だから妙な噂が広がる前に、お嬢様とフェルナン様の挙式を行うことになったのです」

「そんな……っ」

グレースは絶望した。

森では許された恋も、世間ではやはり認められない恋になるらしい。

幸いなのは十字架の件がまだ公表されていないことくらいだ。

けれど今回の騒ぎでフェルナンの立場が有利になったことは間違いない。

抜け目のない彼のことだ。

アランを施療院に入れることで不適格者の烙印を押して、公爵家の地位も伯爵家の財産も手に入れるつもりなのかもしれない。そうなるとモレルと結託して、アランを一生閉じ込めておくことも考えられる。

それではアランを守るため、フェルナンと結婚する意味がない。せめてアランを施療院から出さなければ。

グレースは病の身体を押して、必死に訴えた。

「お願い、テッサ。いますぐ神父様のところに行って、アランに会いにいけるよう手はずを整えてちょうだい」

「ですが……」

「お願いよ、テッサ」

最初は渋っていたテッサだが、グレースの切迫した姿に心を打たれたのだろう。

「私が戻るまで、お嬢様は薬を呑んでちゃんと休んでいてください。なにを行うにしろ、まずは体力を取り戻さないと」

たしかにテッサの言うとおりだ。いまは話しているだけでも眩暈《めまい》がする。

テッサに渡された薬を呑むと、すぐに目蓋《まぶた》が落ちてきた。

「今度こそ約束を果たすわ。わたしは彼を迎えに行くの……」

混濁する意識のなか、グレースはうわ言のようにそう呟いていた。

＊＊＊

夜陰《やいん》に乗じ、辻馬車が疾走《しっそう》する。

グレースはフード付きの外套を目深にかぶったまま、硬い椅子に体を預けていた。

ただ座っているだけでも、病み上がりの体には負担が大きい。

それでもアランに会いたくて、城を抜け出してきた。

グレースが目覚めたことをフェルナンや両親に知られたら、すぐにでも結婚させられてしまうだろう。

そうなる前にアランに会って、彼の無実を訴える必要があった。それには彼自身の協力がいる。

領民の娘を毒牙にかけるような男を次期領主にするわけにはいかない。

そのためにもアランに公爵の跡を継いでほしかった。

施療院から少し離れたところに辻馬車を待たせると、神父に抱えられて施療院の裏門に入った。

すると、いつか病棟にいた男がカンテラを掲げて近づいてくる。

「これが約束の金だ」

神父が賄賂を渡すと、男は念入りに金貨を数えてから病棟の門を開けた。

「十五分したら、ほかの男と交替になる」

男に続いて、グレースを抱えた神父が病棟に入る。

「部屋は二階の一番奥だ」

夜の隔離病棟はまるで墓場だ。さらに陰気で湿った暗闇が重くのし掛かる。

こんな冷たく暗い場所は、アランには相応しくない。

教えられた部屋に行き、渡された鍵で扉を開ける。

前とは違い、待遇面では問題がなさそうだ。

質素ながら清潔で、最低限の家具も置かれている。

カンテラで暗い室内を照らすと、簡素なベッドにアランの背中を見つけた。

「アラン」

「……」

声をかけても反応がない。

深く眠っているのだろうか。それとも薬かなにかで眠らされているのだろうか。

「起きて、アラン」

神父に抱えられたまま近づくと、アランの肩がぴくりと反応した。

「あなたを迎えにきたの。早くここから出ましょう」

「…………いや、僕は残る」

長い沈黙の後、返ってきたのは意外な言葉だった。

「なにを言っているの？　こんなところにいてはだめよ」

けれどアランは背中を向けたまま、覇気のない声で呟く。

「君といっしょにいられないなら、ここを出ても意味がない」

「そんなことないわ。外に出れば少なくとも自由よ」

「そしてグレースの結婚式に列席しろっていうのか？」

「え……」

「隠さなくてもいい。昨日、モレルから聞かされた。君は近々フェルナンと挙式をするそうだね」

「それは……」

口ごもると、倦んだ声が闇に響く。

「こうなったのは僕のせいだ。僕が森に逃げ込んだから、君は危うく死にかけた。僕と違って君は森では暮らせない」

「でも、わたしはこうして生きてるわ。だからアランを迎えにきたの。お願いだから、ここを出ましょう」

「出てどうなる？」

背中を向けたままアランが鼻で笑う。

「君はフェルナンと結婚して、僕もいずれどこかの令嬢と結婚させられる。貴族でいるためには、そういう務めからは逃げられない、なのに結婚したい唯一の女性は他の男のものになる。そんなこと僕は耐えられない。僕が他の女を抱いても、君は平気でいられるのか？」

「……っ……」

言葉を失ったグレースに代わって、これまでやりとりを聞いてきた神父が口を挟んできた。

「なぜそこまで愛し合っているのに、おふたりは結ばれようとしないのですか？　フェルナン様に破談を申し入れ、改めて婚約なり結婚なりすればいい」

グレースは逡巡した。

十字架のことを話せば、神父もわたしたちの関係に反対するかもしれない。

だが行き詰まりの状態で、グレースが縋れる相手も神父しかいない。

「こんなことを伝えると、神父様は軽蔑なさるかもしれませんが……」

グレースは十字架とこれまでの経緯をかいつまんで聞かせた。

すると神父は黙って話を聞き終えたあと、穏やかな声で言った。

「おふたりの想いが本物なら、十字架の件はなんとでもなります」

「……！」

力強い言葉にアランもようやく身を起こし、グレースと神父の顔を交互に見つめた。

「僕たちは本当に結婚できるのか？」

神父は黙って頷くと、外へと続く扉に手をかけた。

「そのためにはまずはここを出ましょう。詳しい話はみなを集めてからです」

帰りはアランの支えで施療院を出た。いまはただ神父の言葉を信じて行動に移すほかなかった。

# 第6幕　秘密の森

グレースと伯爵夫人の体を考慮した結果、話し合いは伯爵家の応接室で行われることになった。

「お母様は無理に出席しなくてもいいのよ」

グレースが身重の母を気遣うと、彼女は夫の手を取りながら小さく微笑む。

「娘に関係することよ。私たちがいなくてどうするの」

「なんの話かはわからないが、みんなが揃うまでお前も休んでいなさい」

「ありがとう、お父様、お母様」

グレースがアランのもとへ戻ると、彼は黙ってグレースの手を握ってくれた。そうしてもらえるだけで、グレースの不安は少しだけやわらぐ。

やがて神父の知らせを受けた公爵とルイーズ、それにフェルナンも応接室に顔を見せた。

フェルナンはアランに寄り添うグレースを見て、露骨に敵意を向けてくる。

「グレース、それが君の答えか？」

「……っ」

なにも言えず怯えていると、男の視線から守るように、アランがじぶんの背中にグレースを庇う。

「ふん。だったら俺にも考えがある。どうせ破談になるのなら、お前たちふたりも道連れにしてやる」

すでに一触即発の状態に、応接室に緊張が走る。

そんな空気をものともせず神父が全員を見て告げた。

「今日お集まりいただいたのはアランとグレースについて話し合うためです」

それを聞いたフェルナンは、我が意を得たとばかりに喜々として話し出す。秘密を暴露するなら、いまが最高のときだ。

「それなら僕からもお話があります」

青ざめるグレースを見て、フェルナンがにやりと笑う。

グレースはこのあとの展開を予想して、ぎゅっと目蓋を閉じる。

「じつはアランのいたサーカスからあるものを手に入れたのです。なんでもアランを捕らえたとき、彼が身につけていたものだとか」

フェルナンはもったいぶった手つきで、伯爵に金の十字架を差し出した。

「こ、これはクリストフの十字架。なぜアランが息子の十字架を？」

みなの頭によぎった疑問に、フェルナンがすかさず答えを用意する。

「それは生き残ったのがアランではなく、クリストフだからですよ」

ここぞとばかりに断定して、フェルナンがアランを指差す。

「ここにいるのはアランじゃない。グレースの弟、クリストフです」

「まあ、なんてこと……」

狼狽える伯爵夫人の肩をノアイユ伯爵がそっと抱く。

公爵は顔色を変え、アランの姿を食い入るように見つめた。

「それが本当ならアラン……いえ、この男を公爵家の後継者とするわけにはいかないわ」

ルイーズはフェルナンにそっと目配せする。

このままだと彼らの思うつぼだ。

「お待ちください。その十字架だけで、僕をクリスだと決めつけるのは早い。たんに彼から十字架を託された可能性もある」

アランが冷静に反論すると、すかさずフェルナンが応戦する。

「おや？　たしか君は森でのことを覚えていないんだろ？　なのにどうしてその十字架がじぶんの持ち物じゃないと断定できるんだ。君がクリストフじゃないなら、俺たちに証拠を見せてくれよ」

「……っ……」

やはりここで行き詰まる。それが証明できないから話がややこしくなってしまう。

そして厄介な問題をさらに複雑に、悪意のある方向へ導くのがルイーズたち親子だ。

「彼がクリストフなら、伯爵家に戻すべきじゃありませんか？　あちらだって後継ぎがいなくて困っているでしょうし」

「ですが母上、グレースは俺を捨ててアランの、いや、弟のもとに走ったんですよ。おまけに森へ逃げ込んで、ふたりでいったいなにをしていたのやら」

「んまあ！　ということは、このふたりは近親相姦を犯したということになるわね」

その言葉を聞いて、その場の空気が凍りつく。

「違う、僕はクリストフじゃない」

アランは毅然と言い切るが、フェルナンは一歩も譲らない。

「昔のことを覚えていないくせに、どうして強く言い切れる。なにか証拠でもあるのか？

それとも過去のすべてを思い出したのか？」

「っ……それは……」

アランが悔しげに押し黙ると、フェルナンはここぞとばかりに責め立てた。

「おいおい。まさか確証もないのに、俺から婚約者を奪ったのか？　相手は双子の姉だぞ。そんな相手に欲情するなんて、おぞましいとは思わないのか？」

森へ逃げたことも、ふたりで一夜を過ごしたのも事実だ。

けれどそれは愛ゆえの行動だった。そこに行き着くまでに躊躇いや苦悩があり、せっぱ詰まった状況に陥った挙げ句の逃避行だった。

じぶんたちの行動は決して褒められたものではない。

けれどフェルナンの口から語られる事実は必要以上に歪められ、醜悪な姿に変わってしまう。

おなじものを見て、おなじことを語っているはずなのに。

彼にかかると、恵みをもたらす雨が鬱々とした長雨に変わり、穏やかな陽だまりが草木も育たない日照りへ印象が変わる。

グレースはじぶんたちの愛がいつのまにか醜悪で不道徳なものに作り替えられ、拡散されていくのを肌で感じとった。

それがわかったところで、グレースにはどうすることもできない。

「このことが明るみに出れば、公爵家も伯爵家も身の破滅ね。国王も叙爵を許すはずがないわ」

ルイーズが口にしているのはあくまで〝たられば〟の可能性だ。けれど、その考えは全員を凍りつかせ、思考停止に陥らせるにはじゅうぶんだった。

人は希望を抱くより、防衛のほうがより強く働く。

両親や公爵がなにを考え、どういう反応に出るか。そのことについて悩み抜いたグレースには、彼らの困惑が手に取るようにわかった。

みなの顔が青ざめていくなか、フェルナンとルイーズだけはおなじ笑みを浮かべていた。人が困って不幸に巻き込まれていく様を心の底から楽しんでいる。

このままではフェルナンたちの思うつぼだ。

「いくら考えても、このことに答えは出ません」

グレースは勇気を振り絞り、両親と公爵に訴えた。

「クリスの十字架が示すのは、幾つかの仮定であって真実ではないのです」

だとすればなにを信じてどう生きるか、選択するしかない。

「わたしもフェルナンからおなじ話を聞かされ、一度はアランとの別れを考えました。彼が弟だったらと考えて、怖くて逃げ出してしまったのです。それでフェルナンの求婚を受け入れて……」

けれど、そのせいでアランを追い詰めてしまった。自分自身、いかに彼を愛しているのか思い知ってしまった。

彼のいない人生なんて、愛を忘れた生き方なんて、死んでいるのも同然だ。

「彼が誰かなんて関係ないんです。わたしはアランだから彼を愛したのではなくて、彼が彼であるからこそ恋に落ちたのです」

グレースの想いを聞いて、アランも覚悟したようだ。

「僕たちの関係を認めてもらえないなら、僕はグレースとともにここを去ります。彼女といられるのなら爵位も財産も要りません。その代わり、たしかめようもない疑いだけで、僕たちの仲を引き裂かないでください」

「なに馬鹿なことを言っているんだ」

フェルナンは目をつり上げて反論する。

「アランに代わって俺が公爵家を継ぐにしろ、お前たちに姉弟の疑いがある以上、絶対に認めるわけにはいかないいんだ」

「それはあなたの考えでしょう。僕がいくら本人だと主張したところで、信じてもらえな

ければこの問題は堂々巡りだ。いまのところ確率は半分。だったら僕はじぶんがアランである可能性に賭けます」

アランが静かに抗弁すると、ルイーズは感情的にまくし立てた。

「賭けですって！　いいこと、このことが明るみに出れば全員お終《しま》いなのよ！　じぶんたちのことばかり考えていないで、もっとまわりのことを考えてちょうだい！」

「……っ……」

一番身勝手な人間がじぶんたちのことだけ棚に上げて、相手にばかり犠牲を強いてくる。けれど身勝手なのはじぶんもおなじだ。この件で両親を悩ませるとわかっていても、アランへの想いを断ち切れない。

無理に別れところで、じぶんやアランは精神的に死んでしまう。離れても結局は幸せになれない。

この数日でそのことを嫌というほど思い知らされた。

「ひとつ確認させてください」

それまで黙って事の成り行きを見守っていた神父が初めて声をあげた。

「グレース様はアラン様のことを愛していますか？」

「はい、愛しています」

「アラン様はどうです？」

「僕も気持ちは変わらない。結ばれても離れても、どのみち苦労するなら僕の隣には愛する人がいて欲しい。グレースとならどんなことでも耐えていける。彼女を守ってやれる」

言いながら、アランの手がグレースの手を握ってくる。

彼の覚悟を聞いてグレースも腹を決めた。

一生彼についていく。彼とならどんなことでも耐えられる。

すると神父は鷹揚に頷き、静かに語り出した。

「私はみなさんに告白しなければならないことがあります。……私にも、ここにいるのがアラン様かどうか判断がつきません」

身構えていたフェルナンがほっと息を吐く。

「なんのことかと思えば、もったいぶって」

混乱の火種を作った男は、事態の解決よりもさらなる混迷を望んでいた。

「お産に立ち合った神父にも、ここにいる男をアランと断定できないんだ。つまりここにいる男は公爵の後継者としても、グレースの相手としても不適格なんですよ」

「フェルナンの言うとおりだわ！」

みなが絶望に打ちひしがれるなか、フェルナンとルイーズだけが生き生きとしている。

己の利益や復讐心に酔いしれているのだ。

　けれど神父の言葉には続きがあった。

「ですが、これだけははっきりと言えます。どちらが生き残ったにせよ、彼はグレース様の弟ではない。このことはグレース様とアラン様の件がなければ、私は生涯沈黙を守り通すつもりでいました」

「な……っ」

「どういうことなのピエール。もっとわかるように言ってちょうだい」

　伯爵夫人の言葉を受けて、神父は静かに語り出した。

「十年前、まだ軍医だった私は伯爵夫人と公爵夫人のお産に立ち合うことになりました。そしておふたりと接していくなか、当時のおふたりの置かれた状況を察することができました」

　確認を求めるように神父が伯爵夫人を見ると、伯爵夫人は小さく頷いて先を促した。

「伯爵夫人は、それまで懐妊されても出産まで至ることはなく、当時ご存命だった伯爵のお母上から冷たく当たられていました。一方、公爵夫人もなかなか身ごもることができず、ルイーズ様に子供ができなければ公爵と離婚するか愛人を持たせるよう迫られていました」

「なんだと」

公爵は初めてそのことを知ったのか、ルイーズをきつく睨んだが、当のルイーズはふんと鼻を鳴らして知らん顔を決め込んでいる。

「ピエールが言ったことは事実です。状況は違えど、置かれている立場がいっしょだった私たちは互いに励まし合いながら出産に臨みました。理想はそれぞれが男の子を授かること」

その後を引き継ぐように、神父が口を開く。彼の瞳には強い決意が宿っていた。

「そして公爵夫人はひとりを産み、伯爵夫人はふたりの子を授かりました。けれど公爵夫人の産んだ子は首にへその緒が巻きついて、誰が見ても死産でした。そのとき私はおふたりが互いを励ますために言っていた言葉を思い出したのです」

「まさか……」

絶句する伯爵夫人に夫がやさしく問いかける。

「私にもその言葉を教えてくれるかな？」

伯爵夫人は無意識にじぶんの腹に手を置きながら、当時のことを思い出すように言った。

「もしも私が男の子をふたり授かったら、ひとりはあなたに……」

「じゃあ、もしかして……」

グレースは神父を見つめた。

「私は死産だと気づかれないうちに、公爵夫人が生んだ死産の女の子と伯爵夫人の子供を取り替えました。起きた悲劇は変えられないが、そうすればせめて希望は残せると考えたのです。だがあの夜、奇跡が起きた。死産だと思っていた子が涙を流す伯爵夫人の腕のなかで息を吹き返したのです」

「ええ、そうよ。紫色だった小っちゃなグレースが小さな声で泣き出したの」

「そのとき私は軍医を辞めて、神父になろうと決意したのです。そしてじぶんの罪を贖《あがな》うためにも三人の子供たちの行く末を見守り続けようと」

だから神父はいつもグレースのことを助けてくれたのだ。そしてじぶんとアランが窮地に陥っているとわかり、じぶんの罪まで告白したのだ。

「申し訳ございません、伯爵夫人。それに伯爵、公爵も。どうか私に厳重な罰をお与えください」

「よくもいままで私を欺《あざむ》いていたな」

公爵は神父に鋭い目を向けた。

「だが、お前のおかげでアランが後継者に相応しい男になったのも事実だ。しかし、新教会の神父としてお前を雇うことはできない」

「もちろんです」

「待ってください、公爵」

アランが止めようとすると、公爵がそれを片手で制し、先を続けた。

「今後はアランの相談役として公爵家に残ってもらうぞ」

「公爵、それでは……」

驚く神父に伯爵がさらなる衝撃を与える。

「いまさらグレースが公爵の娘と知ったところで、私たちの愛情に変わりはない。その代わり、神父を辞める前に最後の責務を果たして欲しい」

「責務？」

「グレースの結婚式で神父を務めてくださいね。グレースがアランの妻になれば、結果的にグレースは公爵家に戻ることになるのですから」

「お母様……！」

アランに支えられながら両親のもとに歩み寄ると、伯爵と夫人は涙を流す娘を、両腕を広げ迎え入れた。

「お前が公爵夫人になっても、私たちの娘に変わりはない」

それを聞いたアランは苦笑混じりに訊ねた。

「まだグレースに求婚していませんが、僕たちの仲を許していただけるのですね？」

「ああ、もちろんだ」

「ありがとう、お父様、お母様。必ずアランと幸せになるわ」

「こ、こんな都合のいい話あるわけがない！　神父は嘘を吐いているんだ！」

フェルナンは激高したが、これで彼が爵位を得ることも復讐することも叶わなくなった。

「これで片が付いたと思うなよ。その話が事実だとしても、両家の醜聞に変わりはない。せいぜい社交界で噂の的になるがいい」

最後の悪あがきでフェルナンがうそぶくと、アランが冷ややかな視線を向けた。

「どう言いふらすつもりか知らないが、口の軽さは災いするぞ」

「なんだと？」

「人狼の被害に遭った女性が徐々に回復しているらしい。顔はわからないが、その声を聞けば犯人がわかると言っている。よければ君も犯人捜しに協力してもらえるか？　彼女に会って、詳しい事情を聞いてもらえると助かる」

途端にフェルナンは顔色を失くし、攻撃的になった。

「ど、どうして俺がじぶんの領地でもない、事件の解決に協力しないといけないんだ。お前の手助けをするつもりはない！」

そう言い捨てて、逃げるように部屋を出て行く。

「待って、フェルナン！」

息子の後を追ってルイーズもいなくなると、アランはほっとため息をついた。

「まさか家族や神父の前で、申し込むことになるとは思わなかったけど……」

アランはその場に片膝をつくと、グレースの手を取り、真剣な眼差しでグレースを見上げた。

「グレース、僕と結婚してください。この身と心は永遠に君だけのものだ」

「……はい、喜んでお受けします」

溢れる涙の向こうに、喜び合うふたつの家族が滲んで見えた。

＊＊＊

それから半年後。

アランは叙爵を許され、公爵の跡を継ぐまでは男爵を名乗ることになった。

離婚が決まったルイーズは、フェルナンと共に異国へ渡ったと聞く。

伯爵夫人が生んだのは可愛い女の子だ。

これで伯爵家の後継者問題は、いずれグレースが生むであろう次男か、妹が成長して夫や子供を得るまでお預けになった。

グレースとアランの結婚式は三日後に控えていた。

おそらく神父としてのじぶんの務めは、これが最後になるだろう。

この教会で式を挙げるのは、グレースたちが最初で最後だ。

グレースをこの手で取り上げて、彼女の人生の節目に立ち合うことができるのはなによりの喜びだ。

ピエールはアランの相談役として公爵邸に移り、この教会は彼の提案で学校として生まれ変わることになっていた。

「きっと伯爵夫人のように、美しい花嫁になるのでしょうね」

伯爵夫人がまだ幼かった頃、ピエールは家庭の事情でしばらく彼女の実家に預けられていた。

じぶんも幼く、親元から離れて暮らす寂しさに毎晩泣き暮らしていると、それに気づいた彼女がこっそりやってきて添い寝をしてくれるようになった。

隣で寝息を聞いているだけで、穏やかな気持ちになれたのを覚えている。

思えば彼女が初恋の相手だった。

じぶんの家に戻ってからも、彼女との手紙のやりとりが続いた。

だが、父が負債を残して死んでしまうと、母は爵位目当ての資産家の男と再婚してしまう。

そのためじぶんは家を出て、医学を学び、軍隊に入隊した。

入隊して一年は外部との接触を禁じられるため、彼女の手紙を受け取ることができなかった。そして一年後、彼女が結婚したことを知った。

もしも手紙を受け取ることができていたなら、運命は変わっていただろうか。

想いは告げられないまま募るばかりで、彼女に似た娘を通してあの日のじぶんを思い返している。

この先、結ばれることはないだろうが、いまではそばにいられるだけで幸せを感じる。

彼女の娘に頼りにされることで、別の形に気持ちを昇華しようとしているのかもしれない。

感慨深げに外から教会を眺めていると、突然馬に乗ったアランが訪ねてきた。

「神父に見ていただきたい場所があるのです」

ピエールは怪訝に思いながらも愛馬に跨《また》がり、アランと連れ立ってラ・ヴェールの森に入る。

馬で行けるところまで行くと、馬を下りてさらに森の奥へと進んだ。

軍医時代、体を鍛えていたおかげでさほど息もあがらず青年についていける。

「私になにを見せたいのです？」

アランは歩きながらその問いに答えた。

「前にグレースと逃げたとき、見覚えのある場所を見つけました。それがずっと気になっていたけれど、叙爵の準備や伯爵夫人の出産が重なって、いままでたしかめに行くことができなかったんです」

アランが案内したのは、大きな岩山だった。

「こういう岩山は幾つかありますね。城塞の建設現場近くでも、見たことがあります」

アランの相談役となったピエールだが、ときどき公爵の城塞建設にも力を貸している。

領民にはそれぞれの仕事があるので、建築現場で雇われているのは流れ者や元軍人などがほとんどだ。

「神父、こっちです」

岩場のまわりを歩いていたはずのアランがふいに姿を消した。

先に行ったのかと思い、ピエールは歩く速度を速めたが、いつのまにか一周してしまう。歩いてみると岩山は思ったよりも大きかった。

「こっちです、こっち」

急に岩から手が生えて、アランがこっちに向かって手を振っている。

どうなっているのかと駆けつけると、大人が体を横にしてやっと通れるくらいの細い亀裂が岩場の中心に向かって走っていた。まるでだまし絵のような道だ。

アランのあとを追って亀裂の道に入っていくと、行き止まりでアランがなにかを押しのけようとしている。

それが木の戸板でできた扉とわかり、苦労して開けて入ると、ピエールは信じられない光景を目撃した。

岩山の中心は大きな空洞になっていて、上には丸い形の空が広がっている。

広大でもないが狭小でもない岩山の砦。

地面には畑の跡があり、崩れた鶏や家畜小屋、それに果実の実る木もあった。

さらに驚いたのは岩肌を削って、二重構造のらせんの階段が上まで伸びていたことだ。

おまけに階段のところどころに木の扉や窓があって、手近な扉を開けてみると、そこは岩をくり抜いた部屋になっていた。

ざっと見ただけで三十世帯以上ある。

「アラン様、いったいこの場所は？」

アランは当然のように答える。

「ここは、〈森の民〉のかつての住居だ」

「え、ここが？」

反乱をきっかけに、蛮族と貶められた森の民の生態は長らく謎とされていた。こんなところに住居を構えていたのなら誰にも見つかるはずがない。

ピエールは周囲を見渡し、あ然とする。

「他の岩山もおなじ造りなら、これと同じ規模の岩山があと四つほどあります。しかし、アラン様はどうしてこの場所をご存じなのですか？」

アランはすぐには答えず、床に置かれた大きな木の器を手にした。

「昔、ここには病気の老婆と白い犬がいた」

話をしながらテーブルの上に器を置くと、アランがピエールを振り返る。

そのときピエールは男の眼差しに違和感を覚えたが、すぐに話に気を取られてしまう。

「父の率いる国王軍に追われた森の民は、じぶんたちの住み処を捨ててこの森から逃げたんだ。そのとき体の不自由なものや、足手まといになる人間はここに置いて行かれた。森に逃げ込み、狼に襲われた僕たちを救ったのが、置き去りにされた老婆と白い犬だった」

　彼の話を聞きながら、ピエールははっと目を見開く。

　もしかしたらアランは、すべてを思い出したのかもしれない。

　神父は毎夜うなされるアランの姿を思い出して、ごくりと唾を飲み込んだ。

「狼に襲われた僕たちを助けるために、白い犬は片脚を失った。僕たちも老婆が手当てしてくれなかったらすぐに死んでいたかもしれない。でも僕たちは、怪我から回復しても、すぐに家に帰ることができなかった。外には狼がうろうろしていたし、助けてくれた老婆への恩もある。僕たちは老婆にならって畑を耕し、家畜の世話をした。外にさえ出なければここは安全で快適だった。でも……」

　アランは部屋の外に出ると、赤い実のなる樹の下へと移動する。

「やがて老婆は寝たきりになり、亡くなった後は僕たちの手でこの樹の下に埋葬した。そのうちアランが家に帰りたいと言い出して、クリストフは助けが来るのを待とうと止めた。けれどある日、意見の食い違うふたりは大喧嘩して、アランはここから出ていった。クリストフもあえてそれを止めようとはしなかった」

　アランは木陰にしゃがみ込むと、地面を埋め尽くす無数の雑草を力任せに抜きだした。

「異変に気づいたのは犬が先だった。気になって戸板を開くと、一匹の狼に追われたアランが叫びながら戻ってくるところだった。急いで戸板を閉めようとしたが間に合わなかった。なかまで入り込んだ狼はアランを襲い、次にクリストフを襲った。白い犬は子供たちを守ろうと、片脚を引きずりながら戦った。生き残ったのはひとりの少年と満身創痍の犬だけだ」

ピエールは雑草をむしり続ける青年の背中に問いかけた。

「それで、生き残ったのは誰なんです？」

「……く、くくくっ」

男の背中が大きく揺れて、忍び笑いが聞こえる。

「アラン様？」

くるりと振り返った青年の顔は、アランでありながらアランではない。

見つめる眼差しは冴え冴えとして、纏う雰囲気は月を連想させる。たったそれだけの違いで、こうまで人の印象が変わるものなのかと、ピエールは内心驚いていた。

アランは立ち上がると、冷めた目でピエールを見つめた。

「ピエール、お前はもう気づいているんだろう？」

「……っ」

「気づいていたから、みんなの前で嘘をついた。お前が密かに愛した女の、その娘を守るために」

「……っ」

　ピエールは絶句した。

　この男の存在には前から薄々気づいていたが、ここまで頭がまわるとは思わなかった。アランの精神《こころ》の成長とともに、この男も歪《いびつ》な心の形のまま成長したに違いない。

「なぜ私をここに連れてきた？」

　すると青年は酷薄に目を細め、親しげな笑みを浮かべた。

「そう警戒するなよ。僕たちは共犯じゃないか」

「共犯？」

「僕の望みはグレースを手に入れること。そのグレースはアランに、いや僕たちふたりに愛されることを望んでいる。そしてお前はグレースのそばにいて、守れなかった女の代わりに彼女の幸せを見守りたいんだ」

「なぜお前にわかる？」

　ピエールは背中に汗が流れるのを感じながら、目の前の男を睨んだ。

「僕も幼い頃からおなじことを考えていたんだ。どうすれば好きな女の子のそばにいられるか。永遠にじぶんのものにするにはどうすればいいか、そればかり考えていた。でも僕はお前とは違う。見ているだけじゃ満足できない」

「彼女をどうする気だ？」

「心配しなくていい。僕が彼女を幸せにする。お前もこの秘密を墓場まで持って行く気なら、グレースのそばにいていつまでも見守ることができるぞ」

青年の手にはクリストフの金の十字架が握られていた。

「いつのまにそれを……」

「そんなことはどうでもいい。お前がこれをしまっておきさえすれば、グレースが悲しむことはない」

ピエールは逡巡したのち、震える手でその十字架を受け取った。

悪魔に魂を売り渡した気分だが、この先も母親によく似たグレースの成長を見守れると思うと、昏い悦びも込み上げてくる。

「それで、亡くなったもうひとりはどうしたのですか？」

青年は答えず、たわわに実る赤い果実に手をかけた。

「この実はなかなか美味しいぞ。お前も食べるか」

ピエールはなにも言えずに、青年が赤い実を口にするのを黙って眺めていた。

# 終幕　永遠に

その男が現れたのは、結婚式の初夜からひと月後のことだった。

「グレース……っ」

新妻を抱くアランに余裕はなく、すでに呼吸は荒くなっている。

それはグレースもおなじことで、アランの首に縋りつきながら激しく揺すられるたびに背中が仰け反り、脚のつけ根もわななないて、甘美な刺激にもっていかれそうになってしまう。

「っ、あん……あん、あっ……」

グレースが喘ぐと、アランの顔がわずかに歪む。

「すご……っ……なんて締まりだ……」

アランは少しでも長く蜜壺のなかに留まろうと、抽挿の動きをわずかに緩める。

ほとんど追い詰められていたグレースは、せつなく腰を揺らして、涙目になりながら懇願した。

「も、だめなの……お願……はや……きてぇ……」

妻の痴態に煽られて、アランの理性が弾け飛ぶ。

腰を一気に進めたかと思うと、女の胎内を飢えのままに穿つ。

「いぃ……いぃ……ゃ、あ……」

もはやなにを口走っているのかわからない。

アランは溢れる蜜の助けを借りて、みずからの欲望で内壁を苛《さいな》み、ふたりぶんの体液を攪拌《かくはん》していく。

「あ、ぁあああ……」

グレースのつま先が反り返り、アランの陰茎が蜜孔でぶるんと震える。

「くっ、出る……っ」

男の腰が二、三度跳ねると、ふたりの結合部から白濁が溢れだした。

「まだ抱き足りないな」

アランはグレースの上に倒れ込むと、その白くてやわらかな肢体を両腕に抱きしめる。

「でも、その前に少しだけ休ませて」

アランの目蓋が自然と閉じかけた。

「大丈夫？　このところ領民たちとの会合で、散々飲まされているのでしょう？」

グレースが気遣うと、アランは目を閉じたまま、ん、と眠そうな声をだす。

「公爵が酒席を断ると、そのぶん僕にお鉢《はち》がまわってくるんだよ」

「それだけアランのことを頼りにしているのよ」

愛しい夫にキスをして、グレースは覆いかぶさるアランの胸に頬を寄せた。

しっとりと滑らかな肌は細かい傷も多く、痛ましく思うけれど、たしかな腕の温もりに包まれているとあまりの多幸感に自然と頬が緩んでくる。

「ちょっとだけ寝かせてくれたら、すぐまた君を可愛がってあげたい」

悪戯っぽく囁かれたグレースが小さく頷くと、アランは眠りに落ちてしまう。

グレースはアランの寝顔を見守りながら、夫婦となれた幸運にしばらく浸っていた。

アランの提案で、ピエールの教会は学校に生まれ変わろうとしている。

そのためピエールは、アランの相談役を務めながら、校長を兼務することになっていた。

グレースも教師が集まるまで、小さな子供たち相手に読み書きを教える予定だ。

アランと出会うまではすっかり消極的になっていたが、外出好きなアランと行動するうちに、すっかり活動的な人間に変わっていた。

幼い頃は活発だったので、変わったのではなく、本来のじぶんを取り戻しただけかもしれない。

結婚式からひと月経つと、初夜を迎えたときの高揚はおさまったが、その代わり穏やかで満ち足りた日々が続いていた。

グレースは火照った肌を冷まそうと、夜着をつけてバルコニーにでる。

頬に当たる夜風は肌に心地良く、初夜のためにしつらえたレース飾りの夜着だけでは少し肌寒いくらいだ。

公爵の城からラ・ヴェールの森を広く見渡して、すべてはあの森から始まったのだと感慨深げに眺めてしまう。

「……グレース」

いつのまにか背後にアランが忍び寄っていた。

「ごめんなさい、起こすつもりはなかったのに」

けれどしばらく続く無音に、グレースはじぶんの勘違いを知った。

「……あなたは誰？」

グレースの知るアランは、こんなふうに冷めた目をしない。

なにもかも諦めているようでいて、なにもかも手放そうとしない強欲さで、目の前の男はグレースにキスをしてきた。

たしかにおなじ唇をしているのに、アランのような熱はない。冷たい唇は、相手の熱を奪うためだけに存在している。

「僕が誰だかわからないの？　だったら君にはお仕置きが必要だな」

彼は少し乱暴に髪を摑み、すでに寛げている股間へとグレースの頭を導いた。

「その可愛い口でここをしゃぶるんだ。上手くできたら僕が誰だか教えてあげるよ」

グレースは言われるまま男の前に跪くと、萎えた陰茎を手で支え、雄の匂いを放つ欲望に唇を寄せた。

初夜の前日、グレースはピエールからあることを聞かされた。

惨劇の後遺症で、アランは夜になるとうなされることがあるらしい。

そして、ときに人が変わったような行動にでるという。

幼馴染みを死なせた自責の念から、相手の性格をじぶんのなかに取り込むことで相手を生かし、心のバランスを保とうとしているらしい。

夜にだけ現れる男——それがクリストフと名乗るもうひとりのアランだった。

もしかしたら彼とは、前に一度庭園で逢っているかもしれない。

グレースは夢とも現実ともつかない夜の出来事を思い返す。

「どうしたの？　口を開けて舐めるんだよ」

グレースは男の顔を見上げながら、手のなかの亀頭に舌先を這わせた。

「ふふ、僕がこんなことをグレースにさせてるって知ったら、アランのやつ地団駄踏んで悔しがるだろうなぁ」

後頭部に置かれた男の手が次の行為を促す。

グレースは唇を開き、男の先端を口に含むと、ゆっくりと頭を前後させた。

「はぁ、その調子だ……」

男の欲望はあっというまに膨らんで、グレースの口をみっしり埋める。

「ん……っ……ふぅ……」

呼吸困難になりかけながら、それでも必死で男の陰茎を唇で扱く。顎が疲れたときは、筋張った血管に舌を這わせ、裏筋を舐めた。

「ん、久しぶりにしちゃ上出来じゃないか」

それでも物足りないらしく、興奮が高まると腰を揺すってグレースの喉を突いてくる。

「う……っ」

危うくむせそうになりながら、グレースは猛る男の陰茎を懸命になだめた。

グレースが慣れているのは、幼い頃にこれとおなじことをクリストフにしていたからだ。

弟は病床のベッドにグレースを引きこむと、こうした淫らな戯れを求めてきた。

もちろんグレースは、最初から弟の求めることが性的なものだとは気づいていなかった。

ただくすぐりあったり、触れ合ったりすることが次第にエスカレートしてきて、乳母に見られるまでは普通のスキンシップとさえ思っていた。

けれど人妻になったいまではもう、これがただのスキンシップではないとわかっている。

「上の口も気持ちいいけど、そろそろ僕もなかに挿れたいな」

男はグレースを立たせると、細腰を持ってバルコニーの手すりに座らせた。

不安定な体勢は、少しでもバランスを崩せば真っ逆さまに落ちてしまう。

「怖い」

思わず男に縋りつくと、男はやけにうれしそうな顔をしてグレースの耳もとで囁いた。

「大丈夫だよ、グレース。僕が君を傷つけるわけないだろ。さあ、大人しく脚を開いて」

グレースが恐る恐る脚を開くと、下着を着けていない秘裂の狭間から、アランの残滓がねっとり溢れた。

「チッ。アランのやつ、僕のグレースを好き勝手して」

男は不機嫌にグレースに迫る。

「こういうときはどうするんだった？　僕に頼みたいことがあるんだろ？」

男の意地悪は、彼なりの甘えだ。無茶なことを言ってグレースを困らせるのに、叶えられないとひどく傷つき感情を揺らす。

アランは真っ直ぐにグレースを求めることができても、クリストフは素直に感情を表せない。相手を困らせることで愛情の深さを測ろうとする。

けれど、グレースもじぶんではどうすることもできない夢遊病に悩まされてきたから、どちらの立場もわかってあげられる。

グレースが夢遊病を克服できたのは、周囲が理解し、愛情を与えてくれたからだ。だから今度はじぶんが彼らを支えたい。

「お願い、クリス。これを全部掻き出して、代わりにクリスでいっぱいにして」

「僕が誰だか思い出してくれたんだね」

「わたしはクリスを忘れたりしないわ」

「グレース……！」

唇を重ね、舌をからませるうちにクリストフの剛直が花唇を貫く。

「あ、ぁ……っ」

クリストフはグレースの膝裏を抱えると、さらに腰を進め、いきり立つ剛直で激しく奥

を突いた。

「ひぃ……あ……」

その衝撃は凄まじく、グレースは必死で男の体に脚を巻きつけた。そうでもしないと激しい抽挿に振り落とされてしまいそうだ。

「あっ、あっ……あっ……」

激しく腰を揺すらて、蜜孔の奥で白濁と蜜が攪拌されると、新たな刺激が生み出される。

「やらしい音だね。そんなに気持ちいい？」

「ん、いぃ……すごく……いいのぉ……」

クリストフは突き上げる位置を変えると、グレースの内壁を浅く擦る。

一度アランと達った体はすぐに反応して、頭の芯までとろけさせた。

「いっ……あぁ、いぃの……あぁ、……もっと……ねぇ……あ、ぁ……っ」

甘い声を紡ぎながら、胎奥で男の欲望を締めつけると、男の息まで忙しくなる。

「ああ、グレース……やっと君を手に入れた……」

怒張はますます貪欲に、グレースの心と体を欲しがった。

「あ、奥……奥が……や、あぁ……」

「やめてじゃないよ、もっとでしょ？」

仰け反る乳房にかぶりつき、男が尖る蕾に吸いついた。

「い、ぁ……っ……」

胸の尖りは男の舌でなすがままに転がされ、グレースの体はますます昂ぶっていく。

「そんなに締めつけたら、僕のが出ちゃうよ。それとももう出して欲しいの？」

男の長い右脚が手すりの上にかかると、抽挿が深まり、不規則な律動まで加わった。

「あぁ、深……ぃ……」

グレースはいやいやと頭を振る。

それでもクリストフは憑かれたようにグレースを貪る。

白い尻たぶが、いまにも外へはみ出しそうになり、グレースは落下の恐怖に取り憑かれてしまう。

「もう出してもいいよね？」

「や……っ……ここはいや……まだ出さないで」

「怯えてわがままを言うグレースも堪らない」

クリストフは繋がったまま部屋に戻ると、ベッドの前にある大きな鏡に手をつかせ、脚を開かせると、いったん抜いた剛直でずぷりと秘孔を貫いた。

「あ、ぅ……う……っ、あ……っ……」

鏡越しに痴態を見られていると思うと、全身が赤く火照ってしまう。

思わず顎を引くと、

「だめだ」

胸に触れていた指が、グレースの敏感な突起をきゅっと抓んだ。

「い、痛っ」

「下を向いたらお仕置きだよ。僕はちゃんと顔を見せて」

仕方なく顔を上げると、クリストフがうれしそうに囁いた。

「さあ、グレース。ちゃんと可愛い声で啼くんだよ」

クリストフがゆっくりした動きで胎奥と蜜口を往き来する。

「ん……っ……」

緩慢な動きは焦れた熱を生み出して、グレースは鏡の前でみずから腰をくねらせた。

男はその動きを巧みに操り、両手で尻を挟みながら蜜壺に刺激を与えようとする。そうすることで内圧が変わるようで、制止したまま媚肉の感触を堪能している。

このままではいつ解放されるかわからない。

それにひと眠りすると言っていたアランが目覚めたとき、クリストフはどうなってしまうだろう。

ひとつの体にふたつの心。

彼らはそれを持て余すことなく共有できているのだろうか。

事前にそのことをピエールから知らされていたので、グレースはわりとすんなり受け止めることができた。グレース自身、その可能性を感じていたからだ。

けれどこの先はどうなってしまうのだろう。

「なにを考えているの？」

鏡越しに目が合って、グレースははっと息を呑む。

「僕と繋がってるのに他のこと考えるなんて、グレースはほんと悪い子だね」

「ち、違うの。そういうつもりじゃ」

「じゃあ、こっちに集中して」

男の腰が一瞬深く沈んだかと思うと、体が鏡に押しつけられるほど強く最奥を貫いた。

「あぁ、ん……」

内壁を占める肉棒が蜜壷を激しく前後する。

そこは擦られるたびに透明な液を零して、男の動きをさらに加速させた。

「どう、気持ちいい？」

「いぃ……ぁ……あ、……いぃ……」

「アランよりも？」

「ん……いぃ……」

「じゃあ、朝までこうしていようか」

朝はだめだ。アランが起きたらいっしょに過ごすと約束している。

どうやって断ろうかと背後を窺うと、クリストフが薄く笑っているのが見えた。

ああ、そうか。彼はわかっていて意地悪を言っているのだ。

じぶんとアラン、どちらを取るのか。

きっとここで機嫌を損ねたら、それこそ朝まで責められそうだ。

「お願いクリス、朝までなんて待てないわ。いますぐ出して……わたしのなかに……クリスがいなくて寂しいの……」

「うん、そうだね。あいつが気づかないうちにいっぱいいけないことしようね」

鏡の向こうでクリストフが笑う。

こうしてグレースの夜が更けていく。

これから先も永遠に。背徳の戯《たわむ》れが続いていく。

# あとがき

こんにちは、山田椿《やまだつばき》です。

この度は、この本をお手に取っていただきありがとうございます。

ありがたいことに、ソーニャ文庫さんで三冊目の本になります。

三度とも期せずして一月刊行というご縁にあとから気がつきました。

今回、DUO BRAND.先生に素敵なカバーと挿絵を描いていただき、執筆で煮詰まったときなどは美麗ラフやカバーラフを眺めて奮起しておりました。

本当にありがとうございます。

ネタバレになるためあれこれ書けませんが、現代と違ってＤＮＡ鑑定もない時代には、疑いがあるというだけで越えられない壁や、断定できないからこそ越えられる壁もあっただろうなと思います。

縛りが多すぎて自由に恋愛できない人もいれば、なんでも許されているのに思うように恋ができない人もいるのではないでしょうか。

ほどよく縛って、ほどよく自由。
ソフトＳＭくらいの人生がちょうどいいのかもしれませんね。
ちなみに本作ではＳＭ描写は出てきませんのでご安心を。
あ、でも鞭が……笑。

旅に出たい願望が高まりまして、二〇一八年はお金と時間をやりくりして一人旅に出かけたいと考えています。今年は運勢的にも、旅が吉なんだとか。

占い関係は、悪いことが書いてあると見なかったことにしてしまいますが、背中を押してくれるような前向きアドバイスはウエルカムです。

不思議とひとり歩きしていると、謎の占い師や各種鑑定士の方から「占わせて」と声をかけられることがあります。

もちろん勧誘系の占いではないので、いままでお金をとられたり、なにかに誘われたりしたことはありません。

人相学は勉強のために、気になった人に声をかけて鑑定することもあるのだとか。

以前にも、某所で有名な占いの先生と遭遇したことがあったのですが、そのときは予定が入っていたため、せっかくの占っていただけるチャンスをふいにしたことが。

それ以来、声をかけられたらなるべく素直にみてもらうようにしています。

やりたいことがいっぱいで、やれないことも盛りだくさん。

なので、どちらも少しずつクリアしていけたらいいなというのが本年の抱負です。

あまり呟きませんが、友達のイラストレーターさんにTwitter用のアイコンを描いてもらったのでよろしければ覗いてみてください。

皆様にとってもよい一年となりますように。

山田　椿

この本を読んでのご意見・ご感想をお待ちしております。

◆ あて先 ◆

〒101-0051
東京都千代田区神田神保町2-4-7 久月神田ビル
㈱イースト・プレス　ソーニャ文庫編集部
山田椿先生／ DUO BRAND.先生

# 背徳《はいとく》の接吻《くちづけ》


2018年1月5日　第1刷発行

著　　者　山田《やまだ》 椿《つばき》
イラスト　DUO BRAND.《デュオ ブランド》
装　　丁　imagejack.inc
D　T　P　松井和彌
編集・発行人　安本千恵子
発　行　所　株式会社イースト・プレス
〒101-0051
東京都千代田区神田神保町2-4-7 久月神田ビル
TEL 03-5213-4700　　FAX 03-5213-4701
印　刷　所　中央精版印刷株式会社




ISBN 978-4-7816-9616-4
定価はカバーに表示してあります。

Sonya ソーニャ文庫の本

『**黒紳士の誘惑**』　山田椿

イラスト KRN

Sonya ソーニャ文庫の本

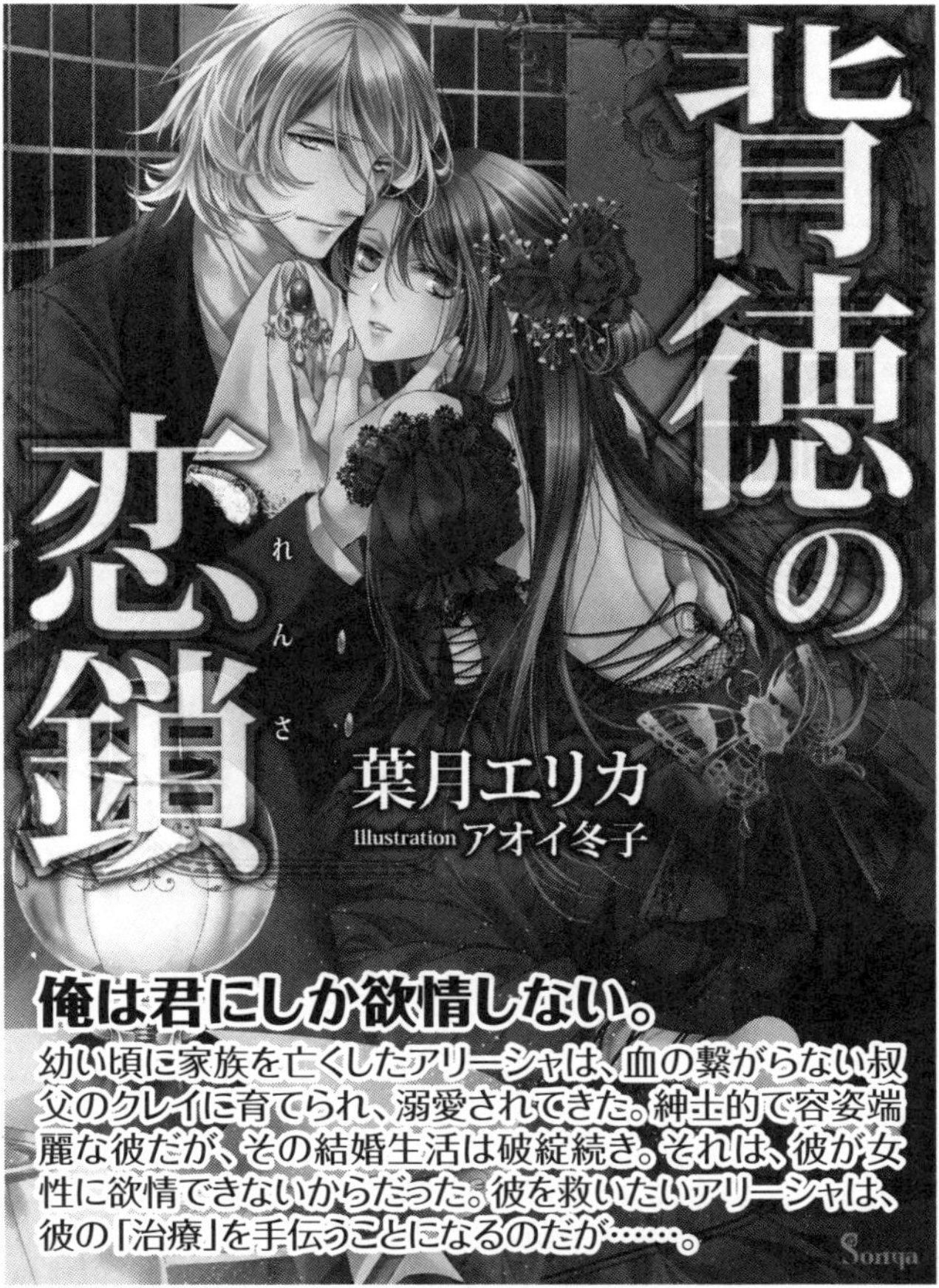


『背徳の恋鎖《れんさ》』 葉月エリカ

イラスト アオイ冬子